Salvatore Marino

NATURALIZZAZIONE DEL MASCHILISTA 100X100

Youcanprint *Self-Publishing*

Titolo | Naturalizzazione del maschilista 100x100

Autore | Salvatore Marino

ISBN | 978-88-93062-83-1

Youcanprint Self-Publishing

Via Roma, 73 – 73039 Tricase (LE) – Italy

www.youcanprint.it

info@youcanprint.it

Facebook: facebook.com/youcanprint.it

Twitter: twitter.com/youcanprintit

INDICE

IL RAGGIO E LA FOLLA

Questo libro,dalle cadenze retoriche spesso tropo ripetitive nel ruolo affidato alle aggettivazioni, ha tuttavia uno slancio entusiastico verso una grande idealità che ne pervade la scrittura. Esprime un'etica forte, perennemente esplicitata da affermazioni celebrative e osannanti, che non conosce l'arte velata dell'ironia, o della polisemia.

Strutturalmente ricalca schemi già collaudati come quello del "libro che pretende di descrivere la realtà nella sua completezza, riuscendo nel compito (vedi "La storia infinita" di Ende), e stilisticamente buona parte degli autori naturalisti e realisti russi o francesi del secolo scorso.

Apprezzabile, invece, la continuità della scrittura che pur non essendo di elevata fattura mantiene i suoi ritmi e le sue ascendenze sino alla fine. Una scrittura teleologica, quindi, pervasa per tutta la durata della sua esecuzione dall'idea imperante dell'istinto naturale che deve sottomettere l'umana ragione.

Un'utopia? un idealismo ecologico? Forse solo il tentativo, il suggerimento poetico di risolvere una grande contraddizione. Come Enrico di Ofterdingen, nell'omonimo romanzo novalisiano, l'apprendistato del protagonista, Hans, conduce alla fondazione di una nuova dimensione sociale, libera dall'asservimento della scienza, in uno sforzo di volontà illuminato da questa semplice e profonda verità: l'accettazione della vita. Ricorrono nel romanzo, nella sua profusione aggettivale, parole come Amore, Creato, Io, Uomo; Hans Ernest come il protagonista, del "Giuoco delle perle di vetro", alla ricerca di una tensione politica che rimargini,nella società, in Dio, lo statuto lacerato della povera individualità? Forse. Con l'entusiasmo e l'innocenza del romanziere-poeta, l'autore delinea, in questo suo apologo a incastro, una Scrittura fortemente segnata dal saggismo e dall'excursus filosofico, sino ad approdare a una sorta di manifesto programmatico che, attraverso le figure del nonno, di Olle, Erik ed Anders giunge a formulare una risposta politica al problema morale. Come Schopenhauer, come Nietzsche, questa moderna epopea romantica si conclude con l'invito alla riscoperta dell'esistenza più vera ("un raggio di sole che parla ad una folla") in nome di un recuperato illuminismo naturalistico.

"Non voglio predicare ma consigliare anzi pregare tutti voi di ricercare Dio dietro l'IO," Questo giovane romanziere pare indicare nella ricerca di una diversa felicità in una maturazione di percorso, di esperienza, che, in un' grido d'allarme, lancia il suo S.O.S. alla cecità dell'uomo occidentale che, nella sua corsa al consumo, rischia l'apocalisse dei valori più semplici e necessari. Con una narrazione sciolta e capace (questo mondo nordico rievocato abilmente in una Norvegia ipotetica e realistica allo stesso tempo), l'autore ha tessuto le diverse trame una, sinfonia di idee, una riflessione in prosa che, simile a un'allegoria, tenta la carta della sintesi letteraria. Una sorta di Ulisse joyciano ma totalmente immerso nell'universo filosofico, naturalistico e sentimentale di un figlio del positivismo.
Di qui lo scarto verso la saggistica, ove l'istintualità, recuperata ed educata finisce con il dettar legge, finisce con l'ordinare, l'eccesso di potere esercitato dall'umana ragione. Un romanzo di iniziazione questo, un apprendistato spirituale attraverso la morte nell' estrema riconversione a una consapevolezza cosmica delle potenzialità, taciute e represse dell'Io. Un mito e una favola: dove mito e favola scandiscono però l'atto di una presa di

coscienza che è liberatoria, che si vuole
esemplare e rappresentativa della
esperienza di tutti. Una totalità del libro,
appunto, un pamphlet filosofico per un'epoca di
crisi. Un avvertimento e un'esortazione, senza
la minima ironia, senza la minima distanza; un
appello accorato e argomentato a cogliere,
nei diversi personaggi del romanzo (Greta,
Nicanders, lo stesso Schopenhauer) altrettanti
aspetti di un assoluto morale da attraversare,
prove, opportunità di un percorso che è la
narrazione come via salutare.
Di qui il pericolo di una certa prolissità, un
eccesso di scrittura che però, tutto sommato, non
nuoce alla impostazione generale, così
sentita e così perseguita, dell'opera. L'autore
riesce felicemente in una sintesi tra pensiero
filosofico e ingenuità poetica, una sintesi difficile e
rischiosa, ma che, almeno in questo importante
romanzo, riesce a maturare in un'originale
capacità visionaria.

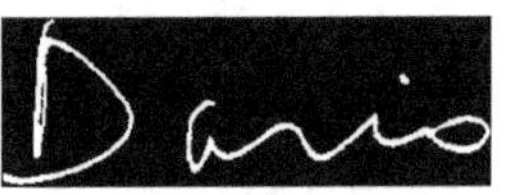 bellezza 1991

CAPITOLO I

INCOMINCIO COSI`

Era un freddo giorno del gennaio 1970. La città s'era tutta destata sotto una densa coltre di neve che faceva rilucere di profuso e gelido candore superfici ed angoli d'ogni visuale spazio d'esistenza. E come sempre, in questi casi, ben piú allettante e affabile appariva il caldo tepore delle abitazioni, degli uffici, dei negozi e delle scuole. Ma a proposito di scuole, desidero ora narrarvi una storia un pò insolita che da li si diparte e che saprà certamente affascinarvi con soavità ed incanto.

Il primo protagonista che andiamo subito ad incontrare è un ragazzo alquanto vivido, austero ed esile d'aspetto, con occhi assai profondi e viso illuminato; il suo nome è Hans Ernest. La sua famiglia è composta dal padre, Hjalmar, dalla madre Lise e dal fratello minore Vidkun. Ma vediamo adesso, brevemente, come si originano le vicende che legano la vite dei nostri personaggi.

Il signor Hjalmar Dahlberg (questo il suo cognome) esercita la professione di medico chirurgo presso un ospedale di Svezia, per far fronte agli immani disagi verificatisi in Norvegia dopo l'invasione nazista. Poco prima aveva conosciuto e sposato la signora Frank Lise, ebrea tedesca, rifugiatasi in Bergen, ove si era stabilito nel 1946 dalla natia Lulea Hans Ernest proprio a

Lulea onde sfuggire alle feroci persecuzioni perpetrate da Hitler contro la sua gente. Bene, dopo questa necessaria presentazione introduttiva procediamo pure con la nostra (credetemi) interessantissima narrazione.

Siamo dunque in una scuola.... Una scuola tecnica, per l'esattezza, dove i ragazzi sono intenti nello svolgimento di un importante compito in classe, per cui anche il giovane leggervi adesso la sua singolare esposizione, pregandovi di prestare ad essa la massima attenzione giacché vi garantisco che il valore ed il significato delle parole ivi trascritte vanno al di là di ogni specificità tematica e descrittiva: "Bergen, 21 gennaio 1970 - COMPITO DI NORVEGESE:

«Esprimi i tuoi giudizi e commenti sulla morale contemporanea».

"Preciso innanzitutto che è già da molto tempo che osservo e "scruto gli uomini, la loro morale ed il delicato rapporto "che li lega al mondo intero.

A malincuore devo però dire che i miei commenti a tal riguardo risultano essere alquanto negativi e deludenti. Avverto in sostanza, una totale carenza di Amore e di Fratellanza; concetti questi quali, pur divenendo spesso pomposi motti patriottici e religiosi, restano poi soltanto delle belle parole e null'altro. Allora, mi ritrovo a parlare abitualmente con me stesso e solo così io scopro l'esistenza di un vero amico pronto ad ascoltarmi e ad aiutarmi. A "costui chiedo, bramoso, qual'é la vera identità degli uomini quale volto essi assumano al cospetto di Dio, ma la "sua somma voce sempre mi tacita in questo modo: "«Aspetta e capirai .. Aspetta e capirai!».

L'altro giorno mio padre mi concesse di andare ad una festa in casa di amici e li accadde qualcosa di veramente straordinario. Si stava parlando e dialogando allegramente quando ad un certo punto calò un buio assoluto e pervadente; il fatto incredibile era che quel buio valeva solo per me.

Poi, dopo alcuni istanti, ricomparve la luce e cominciai così a vedere i volti degli invitati che si trasformavano, ognuno assumendo un aspetto mostruosamente contorto, mentre atroci urla di sofferenza si sprigionavano dalle loro bocche.

 All'improvviso tutti voltarono impietriti verso di me e presero ad accerchiarmi in modo minaccioso.

Io ero letteralmente terrorizzato da quei deformi esseri, per cui osservavo circospetto i loro movimenti.

Quando poi questi mi furono vicini dissi, gridando con vigoroso impeto ed incontrastata padronanza, una frase in latino (che non ricordo più) in seguito alla quale tutti si bloccarono a comando.

Dopodiché sopraggiunse nuovamente il buio e, col ritorno della luce, i loro volti si normalizzarono.

Di questa sconcertante vicenda ricordo soltanto la forza dell'intenzione e la sensazione di certezza che mi spinse a dire quella frase. In quel momento sapevo di combattere contro il mondo e contro la sua fetida cappa di vile malvagità. Successivamente chiesi al mio strano amico spiegazioni di quanto accaduto, ricevendo però la medesima ermetica risposta:

«Aspetta e capirai... Aspetta e capirai!».

In conclusione sono sicuro che la morale dell'uomo è stata gravemente deviata e deturpata, ma che con un'esplosiva carica d'Amore è possibile rimettere le cose al posto prestabilito.

FIRMA: Hans Ernest Dahlberg"

Bisogna senz'altro riconoscere che il ragazzo possedeva un modo assai profondo e scrupoloso di analizzare la vita. Era evidente, infatti, quanto egli medesimo fosse vittima della sua spiccata sensibilità; ciò nonostante era dotato di un fervente sostrato d'ottimismo che prevaricava di gran lunga ogni frapposto ostacolo esterno. Tali consapevolezze, tuttavia trovavansi ancora ad uno stadio subliminale, ossia quasi completamente ignote alla sua mente conscia.

Rilesse dunque attentamente il tema ormai ultimato al fine di accertarsi che tutto il suo pensiero fosse stato esaurientemente e chiaramente estrinsecato, dopodiché andò a consegnarlo. Si accorse allora di essere stato il primo a concludere il compito, ma il professore non manifestò, al riguardo, eccessivo stupore dal momento che si era da tempo abituato a quei componimenti così stringenti e determinati.

Fu per queste ragioni che l'insegnante non seppe resistere alla curiosità di conoscere il trainante portato di tale nuova creatura. che quel singolare alunno era riuscito ancora una volta a concepire ed a condurre in luce. Era, la sua, una curiosità davvero pungente e riflessiva che lo induceva a compiere grandiosi salti ideali al di fuori di ogni schema e dogma concettuale sino ad allora acquisito. Inizio a leggere, ed Hans vide il suo volto mutar continuamente d'atteggiamento e di sfaccettatura man mano che si addentrava in quel corposo foglio sino al punto di rendere palese un certo rapimento. Quando suonò la campanella, invero, egli mostrava ancora i segni espliciti di un rimuginare intestino massicciamente proiettato verso misteriose mète teoriche e deduttive. Orizzonti questi in cui il giovane Hans, invece, era stato sospinto ormai da tempo per mano d'un destino caparbiamente indomito ed irrequieto che l'animo suo scuoteva, esponendolo in tal modo a turbinii e tormenti alquanto intensi e truci. In simili frangenti, quindi, accadeva che un devastante oblio tosto s'ergeva ad occupare le sedi più recondite d'ogni intima emozione e d'elevato scernimento. Cadeva praticamente in preda a certi oscuri ed immanenti flussi astrali, i quali poi incidevano tutto il suo essere con le acuminate lame de dolore e della più fonda malinconia

Chissà perché, ma proprio l'effetto di quel tema scatenò in lui perverse sensazioni, ancor più minando il suo delicato equilibrio nervoso e facendolo piombare in una sorta d'impenetrabile e sconcertante mutismo. Difatti, appena tornato a casa, la madre notò questo improvviso peggioramento di umore del ragazzo. La sua domanda tesa a scoprire cosa fosse successo, però, rimbalzò brutalmente contro un compatto muro di totale silenzio. La signora Lise, allora, giustamente pensò che era venuto il momento di trovare un qualche rimedio per aiutare il figlio a scrollarsi di dosso tanto anomalo struggimento e ad immetterlo finalmente nel normale circuito esistenziale dove si ponevano - al contrario - tutti gli altri ragazzi suoi coetanei. Quella stessa sera ne parlò dunque al marito, dando così origine ad una lunga e costruttiva discussione allo scopo di risolvere il preoccupante problema. La decisione che ne scaturì fu quella di mandare Hans per una isolata sita sul monte Tjidtjak (a nord della Svezia) vicino al confine con la Norvegia. Theodor Dahlberg faceva il bovaro e si sosteneva con i prodotti alimentari che gli forniva la buona terra; egli conduceva, insomma, una vita da vero eremita. Non molti suoi parenti, però, avevano compreso appieno la validità e l'importanza di quella sua scelta consistente nell'abbandono dell'opprimente civiltà urbana per stabilirsi sui lontani monti. Era perciò visto come un individuo atipico ed un pò strambo, ma in quella drammatica circostanza fu l'unica persona a cui il signor Hjalmar immediatamente pensò con naturale speranza e fiduciosa attesa.

Il giorno seguente il padre di Hans scrisse quindi una lettera al nonnetto per informarlo della decisione presa, pregandolo di attendere l'arrivo del figlio previsto per il 28 febbraio - verso le ore 10,00 - presso la stazione più vicina.

Il ragazzo accolse con immenso piacere tale idea giacché da molto tempo desiderava evadere da quel funesto ambiente, via via più malsano e congestionato. Trovava, inoltre, particolarmente accattivante l'opportunità di conoscere un personaggio davvero eccezionale, verso cui percepiva una specie di spirituale simpatia che si manifestava al suo interno in modo assai pregnante ed istintivo. Quelle rare volte che ne aveva sentito parlare erano infatti bastate ad affascinare la sua fantasia di bambino, contribuendo così a popolare il suo infantile orizzonte mentale d i rappresentazioni e immagini tanto preziose e suggestive. L'alone di mistero che circondava la figura di quel mitico congiunto (così distante e ignoto) da sempre stuzzicava la sua curiosità, per cui un possente ritmo d'impazienza caratterizzò i giorni che separavano il presente dal tanto sospirato momento della partenza.

Sicché non gli sembrò vero quando si ritrovò seduto su di una massiccia panca di legno, collocata nella sala s'attesa della stazione ferroviaria di Bergen. Era sereno ed eccitato allo stesso tempo. Vari pensieri lo possedevano in tali magici istanti, insieme a un ben preciso sentore circa l'essenzialità connessa a quel sorgente avvenimento che lo

18-00 sali dunque sul treno ed intraprese finalmente quell'interessantissimo viaggio.
Dopo circa quattro ore, ossia verso le 22.00, il mezzo giungeva alla stazione di Oslo, dove bisognava procedere ad un trasferimento di vettura; questa volta la linea sarebbe stata diretta sino a Saltdal.
Trovò davvero straordinario vedere tutte quelle nuove località. Ad ogni fermata, pertanto, non poteva fare a meno di osservare estasiato attraverso i vetri bagnati al pioggia le fredde ed immote stazioni delle varie cittadine nordiche. Il gustoso tepore dell'abitacolo risultava più che mai gradevole, specie rispetto alla rigidità del clima polare che andava man mano avanzando e diffondendosi lungo il tragitto del viaggio. Ad un tratto, pera, accadde che un fitto manto di buio discese su monti e pianure lì intorno, facendo conseguentemente calare una sorta di silente ed oscuro sipario sull'intera scena del mondo. Un analogo buio penetrò presto nella sua mente, mettendo così a tacere gli usuali avrebbe presto condotto al promettente incontro. Alle ore nugoli di pensieri e riflessioni e consegnandolo poi ad un profondo e saporito sonno ristoratore.

Quando riaprì gli occhi, il mattino successivo, constatò che la luce proveniente dal cielo era. ancora tenue e fioca. Pallore questo che veniva però contrastato da un opposto chiarore della terra, laddove cioè un fulgido e poderoso strato suolo verso la volta celeste, raggi luminosi e degli argentei brillii.

Erano le 10.15 quando il treno raggiunse Saltdal. Egli non aveva mai visto suo nonno, tuttavia è come se lo conoscesse da tempo poiché alcune sue fotografie erano sempre state ben custodite in casa Dahlberg. Appena sceso dalla vettura, pertanto, identificò senza troppe difficoltà il signor Theodor, il quale gli si fece subito incontro accompagnato da un maestoso ed affabile sorriso. Ciò determinò un'analoga reazione da parte del giovane Hans, ovvero tale suadente invito all'approccio vanificò in un attimo la tensione emotiva. che l'aveva assalito. Dagli occhi dei vecchio si emanava. l'autorevolezza di una inequivocabile sapienza di vita; sapienza che il ragazzo avverti anche attraverso la stretta. di un caldo abbraccio con cui il parente lo accolse. Ora capiva qual 'era in realtà il motivo segreto di tanta attrazione che da sempre provava nei confronti di quella fantastica persona!

Nonno Theodor era un uomo sano e robusto, a dispetto dei suoi 74 anni di età; ma questo era dovuto indubbiamente alla precipua salubrità del tipo di vita che conduceva.

I due salirono poi su un'auto di un modello che Hans non conosceva affatto (non avendola mai vista in giro in città), e dunque pensò che doveva essere abbastanza "antica." benché ancora efficiente. Da Saltdal fino al monte Tjidtjak intercorreva una distanza dì circa novanta chilometri, però con quella specie di sbuffante campagnola erano necessarie almeno due ore di viaggio.

Insomma, dopo vari sobbalzi e ripide salite fecero finalmente ingresso in un piccolo villaggio costituito da un esiguo gruppo di case: tra quelle c'era anche la dimora del nonno ed il ragazzo poté di lì a poco accedere in un'incantevole reggia montana. Lo scoppiettante camino, i mobili rustici, la casa stessa e quello stupendo affresco naturale che si scorgeva da dietro le finestre, preannunciavano una vacanza davvero entusiasmante e certo molto proficua.

Si susseguirono momenti contrassegnati da una sublime sensazione di prodigiosa serenità, ricchezza e libertà. La sua condizione esistenziale andò via via migliorando giusto in rapporto con l'Infinito lì presente. Ue giornate trascorrevano liete ed una leggera beatitudine avvolgeva le vibrazioni ed i palpiti del giovane Hans. Quando sera, poi, non v'era nulla di più piacevole e bello che conversare con l'amato nonnetto. E fu proprio durante una di queste sere, dinanzi all'allegro crepitio del camino, che il ragazzo chiese all'anziano congiunto; "Ma nonno, come mai decidesti di abbandonare definitivamente Lulea, tanti anni fa, per trasferirti qui su?". Domanda alla quale il signor Theodor rispose in maniera alquanto evasiva, come a voler sottacere particolari intimi ma importantissimi della sua vita: "Vedi, figliolo, vi è un sottilissimo filo che lega ogni uomo al suo destino ed è proprio tale invisibile cordame che forgia e modella il corso della sua esistenza. Ciò a un pari di una trama imprescindibile e tanto arcana su cui va ad esplicarsi il compimento intero d'ogni nostro operare evolutivo. Si verificano dunque segnali e vicende che bisogna saper leggere, interpretare ed inserire in quel supremo ordito, alla che in un determinato modo e Luogo unicamente attendono di essere collocati. Così fu quel giorno in cui accadde .... Bé, lasciamo perdere! Piuttosto, parlami un pò della tua crisi che ha maggiormente motivato questa graditissima visita...

Hans era come incantato: Le parole del nonno e lo spessore spirituale che da esse traspariva lo catturavano completamente. Tuttavia spiegò che la causa dei suo stato confusionale era da attribuirsi alle tante manifestazioni di negativa e deteriore ottusità della gente ed alla non accettazione, da parte sua, di questa impietosa situazione.

Egli disse, altresì, che sentiva la necessità di vedere con maggiore chiarezza i problemi dell'umanità. Insomma, il ragazzo riferì tutti quei fatti che avevano concorso al sinistro determinarsi di quel suo stato d'animo.

Il vecchio lo ascoltò con pensoso intendimento e alla fine proseguì quella profonda conversazione per mezzo di una assorta specie di fulgido commento: "Ho capito perfettamente quello che sta avvenendo dentro di te, figliolo! In pratica, il vuoto determinatosi nel più sincero assetto del tuo animo significa semplicemente che viaggi alla ricerca della Verità e di una cosciente visione dei limiti che configurano la salutare discriminazione tra bene e male. Ma si… a questo punto credo proprio doveroso raccontarti un episodio estremamente importante ed emblematico il quale, sicuramente, sarà in grado di aiutarti a trovare quelle risposte che tanto avidamente cerchi per placare la sete del tuo sapere. Fai bene attenzione, però, perché sei la prima persona cui svelo tali miei segreti e proprio a te intendo consegnare l'eredità inesausta di questi insegnamenti! Già, nessuno meglio di te potrebbe meritarlo.

CAPITOLO II

IL DIARIO

Esattamente venti anni fa, quando ero ancora un distinto e impeccabile signore della rispettabile società cittadina, decisi di unirmi ad un gruppo di amici per effettuare una gita sul Monte Tjidtjak. L'avventura si prospettava davvero molto eccitante, per cui aderii senza la minima esitazione. Partimmo da Lulea nel mese di marzo del 1950. Io ero letteralmente stordito nell'osservare tanta superba evidenza di naturali ostentazioni, sontuosità e meraviglie. Giunti a destinazione infatti - mi staccai subito dagli altri al fine di procedere in una isolata mia esplorazione che divenne ben presto espressa ricerca di qualcosa, la quale risiedeva però all'interno di me stesso. Sentivo, insomma, di aver toccato un punto dell'Universo ove si trovava una sorta di superiore coincidenza con un corrispondente punto sito nei substrati miei più occulti ed insondati. Fu cosi che una mattina ebbi la fortuna di imbattermi in un cascinale diroccato e quasi nascosto dalla folta ed incolta. vegetazione che lo circondava. Spinto, allora, da un'accesa curiosità volli penetrarvi dentro per vedere meglio di trattasse. Vagai da una stanza all'altra sino a quando mi capitò di trovare un vecchio baule tutto impolverato e pieno di ragnatele; dopo averlo osservato un pò, decisi dunque di aprirlo. Rovistai al suo interno tra un certo numero di indumenti e stracci divorati dal tempo, oggetti vari ormai consunti, scorgendo infine in modo prodigioso un dovizioso e venerabile Diario. Era un volumetto esternamente rivestito da una resistente guaina di rosso cuoio, le sue condizioni, invero, erano straordinariamente eccellenti. Strano, pensai, era come se qualcuno ve lo avesse riposto poco prima..! E forse fu proprio questa considerazione che mi spinse a prenderlo e a portarlo con me. Da lì, in sostanza, ha origine la mia successiva decisione di lasciare definitivamente la città per trasferirmi su questo monte. Il ragazzo aveva ascoltato con minuziosa attenzione la strabiliante narrazione del nonno. Pur tuttavia, persistevano nella sua mente perplessità e incomprensioni dovute alla particolare difficoltà che egli incontrava nel tentativo di scandagliare le retrostanti verità celantesi in quell'astrusa e indecifrabile tela di enigmi e di oscurità. Per cui, trovò quasi istintivo volgere a lui ulteriori domande per meglio inquadrare il complessivo ambito di riferimento significativo nella giustezza dei termini trattati. Hans, insomma, si fece così avanti: "Devo dire che la storia appena udita è di una singolarità impressionante, ma l'ignoranza dei contenuti specifici di tale diario mi complica notevolmente l'esatta percezione della sua stessa realtà. Non vuoi rivelarmi, nonno, l'affascinante mistero racchiuso in quelle pagine così preziose."

Il vecchio sorrise alla prevista domanda dell'arguto nipote, al quale quindi rispose con tono affabile e cordiale: "Hai proprio ragione, caro! Vedo che il tuo interesse d sincero e autentico, perciò aspetta un momento vado in soffitta a tanto, aveva incredibilmente trasceso ogni dimensione di ordine concreto e temporale. Quando egli ridiscese poco do vicino al caminetto, dando così fine alla vibrante attesa del giovane con l'apertura del diario e l'inizio della sua lettura: "Sono ANDERS NICANDERS, e scrivo questo diario nella speranza che un giorno qualcuno possa venirne in possesso e a conoscenza, così come auspico che costui sia in grado di trarre da esso utili spunti per una vita migliore. Il 10 aprile 1770 il giorno che segna l'inizio di questa storia poiché a tale data risale la mia nascita, avvenuta nella modesta dimora di una modesta famiglia. Mio padre Gustaf, nativo di Stoccolma, emigrò in America con tutta la sua famiglia intorno al 1760, stabilendosi a Saratoga (un piccolo paese sito 380 Km a nord di New York). Qui conobbe e sposò una donna di origine inglese, stanziatasi anche lei in quella cittadina; il suo nome è. Jane Paxton. Fu lei destinata a divenire, in seguito, mia madre e a partorire insieme a me un grande messaggio per l'umanità. Vivevamo tutti amorevolmente con l'unica nonna rimasta la signora Elisabeth Moore prenderlo.

L'atmosfera regnante in quella casa, frat   Po - si accomodò nuovamente sulla sua sedia a dondolo posta Paxton. Era una cara e linda vecchietta, illuminata da un dolce e costante sorriso, la quale forniva un valido aiuto a mia madre nel disbrigo dei lavori domestici, denotando così un'energia vitale decisamente contrastante con quello che era - invece - un aspetto alquanto esile e precario. Ella, inoltre, sin dal primo momento della mia venuta al mondo si era generosamente prodigata nei miei confronti, offrendomi affetto e cura costanti, sino al punto di rappresentare un'assai tenera fonte mnemonica cui il mio animo non ha mai cessato di attingere. La mia infanzia più remota, insomma costituisce un paradigma benefico d'insuperabile valenza relativamente al futuro fluire della mia vita nell'oceanico divenir dell'esistenza. Sensazioni, voci, armonie ed effusioni, accompagnano in maniera uniforme (ovvero indistinta) i miei ricordi fino all'età di circa sei anni; fino a quando cioè la candida mante del bambino che ero fu costretta a penetrare - infrangendovisi le realtà tanto aberranti e atroci degli uomini. La catena di tali tragici avvenimenti ha luogo a partire dal 1776, anno in cui il mio adorato genitore decise di lasciare il lavoro che svolgeva presso un'azienda agricola di Saratoga per arruolarsi, ahimè, nell'esercito degli insorti americani e partecipare attivamente alla liberazione di Boston dall'occupazione inglese. Questo gesto, come capii molto tempo dopo, era la logica conseguenza di alcuni principi morali sui quali trovavasi solennemente inchiodata la coscienza di mio padre, insieme alla sua schietta idealità, e a cui giammai sarebbe stato disposto a rinunciare. Egli, infatti, si era mostrato continuamente refrattario a qualsiasi ingiustizia operata da alcuni a danno di altri; a qualsiasi forma di abuso e prepotenza perpetrata da quanti reiteratamente svergognano il genere umano, ad esso sottraendo i valori più nobili e puri cui dovrebbero - al contrario - scrupolosamente attenersi. Ciò, purtroppo, anche a costo della vita! Di quella vita ch'egli depose su uno straziato campo di battaglia, copiosamente intriso di sangue e lacrime innocenti, dove disperse le proprie membra ormai consunte per restituirle così al materno grembo della terra. Era l'ottobre del 1???-.. - io avevo sette anni appena. Ma non è tutto: poco più tardi accadde qualcosa di altrettanto orrido e sconvolgente che finì col marcare definitivamente, e nel profondo, il globale mio equilibrio ed essenziale contesto. Alla sin troppo triste morte dì mio padre si aggiunse inesorabilmente quella di mia madre, uccisa per mano di un furibondo gruppo di soldati avversi ì quali erano piombati improvvisamente in casa nostra. Io e la nonna eravamo, in quel momento, nella camera soprastante quando fummo drammaticamente raggiunti da un urlo a dir poco lacerante. I nostri respiri s'interruppero immediatamente e i nostri occhi s'incrociarono invano nel tentativo d'interrogarci, atterriti, circa quanto stava accadendo. Non so bene come, ma qualche attimo dopo ci trovammo precipitati dabbasso, accanto a mia madre giacente sul pavimento, la quale mostrava una brutta ferita allo stomaco. Ricordo perfettamente quella scena agghiacciante. Nonna Liz gridava disperatamente mentre cercava di soccorrerla; una volta constatato, però, che non era in grado di fare alcunché, scappò fuori alla volta di aiuti infin più validi presso vicini. Sicché rimasi solo con mia madre moribonda, la quale si contrasse ulteriormente allorché riunì tutte le forze rimastole per dirmi alcune ultime parole; afflati ch'ella pronunziò comunque con il cuore, ancor prima che con la bocca sofferente: "figlio mio, adesso rimarrai solo con la nonna, che ti prego di continuare ad amare ed ascoltare… Un giorno diventerai un uomo e porterai nella memoria questi tristissimi ricordi. Ma tu promettimi di essere molto forte perché dovrai batterti contro il peggior male degli uomini: l'ORGOGLIO: Addio, Anders, addio". Il mio volto era. inondato di lacrime e, nonostante la mia piccola ed immatura consapevolezza, l'idea di doverla perdere e di dover condurre un duro e responsabile avvenire mi risultava del tutto inaccettabile. Pertanto, urlai accecato e straziato dall'indescrivibile dolore:

"MAMMA non morire, non te ne andare, ti voglio bene: Aiutami che posso fare per guarirti?" Ma adesso mi accorgo che simile implorazione le provocò un più profondo struggimento. Ella volse, allora, ancora una volta a me il suo sguardo degno e confortante (in cui rividi istantaneamente quello del mio adorato padre), dopodiché declinò delicatamente il capo per poi cadere definitivamente nel risucchiante vortice mortale. Avrei senz'altro preferito seguirla in quel mondo arcano e sconosciuto, se solo avessi potuto. Purtroppo però ciò fu assolutamente precluso al mio desio, per ragioni che in quel momento non ero in grado di afferrare al mio intelletto. Dovetti soccombere a quell'irrefrenabile realtà; dovetti appellarmi ai più tenaci sensi di una volontà in via di formazione, attorno cui andavano lentamente incardinandosi l'intera mia persona e la mia esistenza; dovetti accettare infine, senza riluttanza, l'impegno che una sorte talmente avversa e cupa supremamente or mi richiedeva! Vivere solo senza il presente amore di una mamma. Attraversai istanti inenarrabili, situazioni e fasi d'imprescindibile sconcerto in cui mi rituffavo afflitto in un furioso mare di viscerale solitudine. Attimi in cui un vuoto ancestrale tosto accorreva a dilaniarmi l'essere, con atrocità e ferocia. Ma era proprio da quegli scomposti brandelli di me che sorgeva, vigorosa, l'invitta e assai gloriosa eco delle mai spente parole di mia madre; l'intrinseco messaggio li racchiuso i cui recisi segni solcavano il cuore mio spezzato. Sicché fu solo grazie a tale incomparabile ricordo ch'io potetti collegare stralci e frammenti della divelta mia persona in un più compatto ed omogeneo nucleo di funzioni, essenze e vitalità, cementando lo stesso con una rinata e forte determinazione. Con il lento e modulato scorrere del tempo, infatti, vidi delinearsi gradualmente il vero significato di quelle ultime parole di mia madre, di quell'oscuro testamento orale da lei lasciatomi qualche momento prima di spirare. E la cadenza di tale cronologica chiarificazione mi faceva sentire sempre più legato ad una sorta d'obbligo morale, che si trasformò ben presto in un esplicito e inderogabile dovere esistenziale. Un dovere che soltanto in apparenza sembrava essermi imposto dal naturale rispetto che istintivamente nutrivo per i miei cari genitori. Esso invece nasceva da cagioni e sentimenti che travalicavano tutto ciò che loro rappresentavano giacché origine andavano traendo da qualcosa di ben più grande e universale che invece li includeva.

Nonna Elizabeth fu certamente unica e straordinaria nel sopperire alla grave perdita da me bruscamente subita. Ella si prese cura del suo amato nipote con tutta l'attenzione, la responsabilità e l'abnegazione possibili. Era una donna veramente eccezionale e riuscì a darmi quell'affetto e quella protezione di cui un bambino ha inevitabile bisogno, assumendosi quindi il non facile onere di farmi da padre e madre nello stesso tempo.

CAPITOLO III

ANDERS IMPARA

Faticò non poco per provvedere al nostro sostentamento; dovette cioè mettersi a lavorare al fine di reperire appunto le necessarie risorse economiche. Ma niente e nessuno avrebbe potuto mai scoraggiarla, nemmeno la ria sorte...! La buona lena e l'abilità che l'avevano sempre caratterizzata si posero prontamente al servizio del bisogno ivi determinato da siffatta difficile circostanza, riuscendo così a suggerirle una molteplicità d'idee e di espedienti per il perseguimento degli obiettivi prefissi. Io le volevo un bene immenso, e ciò mi faceva progressivamente riacquistare gran parte di quell'equilibrio mentale in precedenza minato dal terribile disastro abbattutosi sulla mia tenera vita. Grazie a lei, infine, mi fu possibile riadattarmi ad un'infanzia quasi del tutto normale e serena, nonostante il bruciante permanere dentro il mio animo di incancellabili ferite e di lacerazioni orrende.

Giunse poi anche per me, il momento della scuola! Luogo, questo, che divenne ben presto il principale punto d'incontro conoscitivo con tutti i ragazzi del paese. Avevo, in realtà, un carattere alquanto riservato e schivo; poco propenso cioè ad allacciare facili e superficiali rapporti. Preferivo, al contrario degli altri, stabilire contatti umani seguendo austeri canoni qualitativi anziché quantitativi in modo da poter trarre da essi il massimo profitto interiore in funzione di quell'imprescindibile processo evolutivo della mia coscienza ch'io percepivo come derivante da supremi e ignoti valori a me ancora sconosciuti, ma appunto per questo "ineludibili". Particolarmente importante e inestimabile fu, a tal riguardo, l'opera della mia cara nonnina, la quale seppe ricoprire con dedizione e comprensione stupende le nude zone della mia vita. Ella favorì pertanto la crescita psicologica e spirituale del mio essere sì da condurmi, già verso i dieci anni, ad uno stadio di maturità sicuramente superiore ed avanzato rispetto a quello dei miei coetanei. Si dilatava, parallelamente, la mia capacità riflessiva e la mia profonda identità. Tutte le sere prima di addormentarmi, chiuso in me stesso e soffusamente cullato dall'eloquente silenzio che avvolgeva la globalità delle emotive mie sfere e configurazioni, non potevo evitare di rifrangere la mente in un'infinita serie di domande concernenti i vari problemi che la mia esistenza mi imponeva. Nutrivo sempre più sete verso qualcosa d'indefinito e incerto ch'io stesso non riuscivo ad identificare. L'unico dato sicuro e inconfutabile era che di quel qualcosa avvertivo un bisogno via via crescente. I dotti direbbero che tali mie riflessioni altro non erano che elaborati sofismi oppure oziose di-squisizioni filosofiche, mentre io affermo semplicemente che vi, in modo da poter trarre da ossi il massimo profitto in si trattava di radicati empiti d'umana origine ed estrazione. Cercavo di scovare, insomma, la reale ed esauriente chiarezza in ordine alle multiformi manifestazioni dell'uomo, cui dare infine un senso univoco che fosse il più pratico e lineare possibile. Volevo assolutamente capire e comprendere ciò che mi circondava; e come il fumo che implica il fuoco, il mio bisogno di sapere implicava inesorabilmente l'esistenza del sapere, logico e naturale. Ero ormai certo, invero, che in Natura vale la legge secondo la quale ad ogni bisogno corrisponde un relativo appagamento, ragion per cui il raggiungimento di una simile condizione significa il conseguente ottenimento di un perfetto equilibrio vitale. Forse la causa di tale mia sete era legata alla drammaticità della sciagura familiare che aveva devastato la mia infanzia, pertanto il primo velo che intendevo togliere alle nebulose paratie del mio scibile era quello che nascondeva il motivo dell'odio tra gli uomini e, quindi, delle guerre. Perché ero orfano e perché degli uomini avevano ucciso altri uomini?

Cosa si muove dietro tanta violenza e tanto dolore? Questi erano gli interrogativi che assillavano e scuotevano il mio animo bramoso. Questo era, inoltre, il primo gradino da salire in quell'ipotetica piramide cognitiva che costituiva il sommo Enigma attorno a cui orbitava l'intero ricercare. Da un lato c'erano gli uccisori dei miei cari, e dall'altro, invece, c'era il sublime amore di nonna Liz.

Come poteva mai verificarsi tale mostruoso divario? E così, nel tentativo di rispondere alla miriade di quesiti che mi ponevo, i giorni si susseguivano intensamente. Il tempo era un amico costante e discreto che mi aiutava in questa faticosissima azione di ricerca; un amico davvero equo e fedele che a tutti concede la possibilità di capire. Ed è proprio al cospetto di esso che ciascuna creatura risulta poi essere l'indefettibile specchio dell'altra. Il dialogo con mia nonna era, fortunatamente, molto aperto e franco. Traevo da ciò, quindi, consigli validi e saggi i quali avevano la preziosa qualità di fortificare e accrescere la mia conoscenza. Il rapporto intercorrente tra me e i miei compagni di scuola, al contrario, era decisamente scarso e insoddisfacente poiché non vedevo in loro alcuna attività d'indagine introspettiva ed esistenziale. Perché questa notevole differenza tra me e loro? Essi, infatti, passavano le loro giornate divertendosi a più non posso, facendosi tutta una sequela di stupidi dispetti, sino a generare (in piccolo) lo spettro di quella stessa violenza che era colpevole della terribile morte dei miei genitori. Nei loro atti riscontravo il chiaro collegamento con la fondamentale causa di ogni sorta di guerra e conflitto. Sicché, soltanto orgoglio e presunzione costituivano il loro comune - nonché banale - abbigliamento mentale.

Un'altra triste realtà che andavo lentamente appurando nello sviluppo di simili analisi, riferivasi a quella sconcertante divergenza di opinioni la quale finiva con lo spaccare gli uomini su questioni che sapevano di universalità. Studiando la storia, a scuola, trovavo oltremodo incomprensibile l'onnipresente e catastrofica diversità tra i popoli e tra le loro svariate ideologie. Notavo contrasti in ogni campo: scienza, religione, politica, filosofia, etc! Teste contro altre teste, mai consensi, mai amicizia, mai AMORE... Già, l'amore! Questa sottile essenza che pervade la vita in ogni sua forma e manifestazione; che anzi la genera, e per la quale e altresì lecito pensare ad una divinità sovrana ed infinita che tutto permea, sottende e mirabilmente crea. AMORE: cosmica presenza d'imperituria gloria che gl'immanenti solchi della terra perennemente va saziando, empiendo e ricolmando. La sua luce ed il suo calore accorrevano premurosi a mitigar le pene della mia atroce solitudine, allorquando cioè il paralizzante gelo del ricordo rendeva particolarmente sferzante e ruvida l'assenza dei miei cari. Mi accorgevo infatti che da quell'angosciante baratro emotivo in cui pre-cipitavo mesto, una radiosa forza effusiva poderosamente andava a diffondersi sin nelle più occulte pieghe dell'essere mio trafitto. In quei momenti, insomma, era come se i sentimenti ch'io provavo per loro (e viceversa) scavalcassero all'improvviso le mura della morte. Era veramente indescrivibile la sensazione di Eternità che si interponeva tra di noi. Si trattava proprio di un rapporto di trascendente natura, ma incredibilmente palpabile e vero, che diveniva ancor più vibrante e possente proprio nei frangenti di maggiore dolore. Esso mi infondeva l'irrinunciabile volontà di superare i limiti derivanti da ogni contingenza e materialità, spazio e il tempo ove avrei potuto senz'altro espandere, compiere ed arricchire l'animo mio impetuoso. Sicché, da allora, qualunque gesto positivo e degno che riuscivo a concretare e che sapevo coincidere con le raccomandazioni e i desideri dei miei genitori, mi irrorava il cuore di assai piacevoli gioie e appagamenti. Ecco, ero frattanto addivenuto ad una incoraggiante e valida constatazione, ossia quella secondo cui la morte aveva interrotto soltanto il legame materiale tra noi, ma non certamente quello affettivo. Di conseguenza, ciò stava a significare che esiste un invisibile filo incorporeo che unisce in modo inesorabile la vita alla morte.

Un giorno, a scuola ci fu un'interessante discussione. L'argomento verteva intorno al problema religioso. La maggioranza degli interlocutori sosteneva che alla base di ogni azione umana debba necessariamente esservi la fede, ovvero la cieca credenza in Dio. Costoro, difatti, ponevano la fede in una luce di assiomatica perfezione e intangibilità. Mi colpì il fatto che secondo molti l'uomo è un qualcosa di superiore onde sospingermi invece in quelle reali dimensioni oltre lo e sacro rispetto all'ambiente che lo circonda- Poi seguì l'assurda asserzione di un teologo a proposito della cultura in rapporto con la fede. Egli disse le seguenti testuali parole: "Lo studio e l'acquisizione della cultura rappresentano i cardini essenziali atti al perseguimento di un decoroso progresso spirituale e di una proficua congiunzione alla clemenza divina. L'uomo possiede l'intelletto proprio per questo; egli deve pertanto ragionare per evolvere la sua conoscenza, altrimenti... si è uguali ad una gallina o ad un negro...!?" replicai io prontamente. A questo punto prese possesso dell'aula un gelo assoluto e penetrante, suscitato dalla generale reazione di meraviglia e vergogna che aveva provocatoriamente ghermito gli astanti lì rappresi. Dopodiché, quasi incitato da tutta una serie d'implicite domande che a causa di un falso senso di pudore giammai sarebbero state compiute, risposi continuando:

"Certo! E' proprio da una simile impostazione di pensiero che è scaturita la logica della schiavitù, così come quella relativa ad ogni altra aberrazione e malvagità di cui solo gli uomini sono tanto stupidamente capaci. E la schiavitù, appunto, non è altro che l'ultimo ritrovato (in ordine cronologico) di un perverso passatempo aristocratico che ha comunque, oltre all'indiscusso vantaggio di assicurare lucrosi guadagni a gente annoiata e senza scrupoli, anche quello di divertire e sollazzare a più non posso. Quale spasso migliore potrebbe essere mai concepito dall'uomo colto e raffinato della nostra epoca, se non quello di sottomettere individui meno colti e raffinati di lui... tanto più se la loro pelle è scura!?"

Devo dire che anch'io, al pari degli altri, ascoltavo stupito ciò che usciva cosa misteriosamente dalla mia bocca; la voce era sicuramente la mia, ma le parole che avevo testé udito sembrava provenissero da un'entità celata dentro il mio "io" più sommerso e che presiedeva ad ogni mia opera e personale esplicazione- Successivamente riflettei a lungo su tale conversazione, sul motivo della cattiva luce in cui mi aveva posto nei confronti dei miei bravi ed obbedienti compagni. Ne parlai naturalmente con la nonna, la quale ebbe a spiegarmi, confermando notevolmente le mie supposizioni che la vera religione da osservare ed onorare costantemente è soltanto l'Amore verso qualunque creatura dell'Universo. Il suo modello, dunque, era altrettanto semplice e rigoroso del mio. La cosa che più di tutte urtava intimamente la mia coscienza era, precisamente, il concetto di priorità con cui l'uomo aveva conferito a sé stesso il titolo di "superiore" a scapito di qualsiasi altro essere. Ciò mi portava di conseguenza, alla considerazione in virtù della quale risultava che la congettura religiosa (comunemente intesa e professata) era ineluttabilmente inesatta e presuntuosa. Nel mio cervello si affastellavano mille dubbi e mille interrogativi, ai quali però sapevo rispondere solo parzialmente. Erano ostacoli analitici il cui superamento procedeva con un ritmo alquanto lento e graduale. Insomma a 20 anni ero sempre più irresistibilmente attratto dall'avvincente pianeta della Conoscenza. Volevo capire l'uomo in tutta la sua globalità perché sentivo che ciò mi era assegnato da un dovere massimo e solenne.

Così, i miei giorni mostravano una successione via via più rapida e tumultuosa in proporzione al mio simultaneo avanzamento acquisitivo. Spaccati temporali significativamente idonei a tale irrefrenabile impresa meditativa erano specificatamente quelle tipiche giornate invernali nelle quali una benefica pioggia di germinali essenza andava provvidenzialmente a imbevere sinanco i miei pensieri ingordi. Interminabili erano le ore ch'io dedicavo a questo scrupoloso quanto irrinunciabile lavoro di ricerca della Verità.

Nonna Elizabeth seguiva in silenzio il mio complessivo sviluppo spirituale, riuscendo di volta in volta ad intuire quale fosse l'esatto stadio evolutivo cui ero approdato dopo l'effettuazione di ben tortuose scalate sulle assai impervie pareti dello scibile. Ella sapeva, cioè, quanti e quali tasselli ero stato in grado di collocare all'interno di quel metaforico mosaico ch'era costituito dal personale mio contesto senza bisogno quindi di domandarmi alcunché allo scopo di meglio sondarmi. Fu proprio lei, infatti, ad avvertire per prima l'assenza di un pezzo particolarmente importante in tale confuso quadro cognitivo, ovverosia la valutazione e consapevolezza afferente un aspetto davvero ineludibile per la vita di un qualsiasi ventenne: il rapporto uomo-donna. Sicché, fu argutamente attenta e tempestiva come suo solito nel captare la giusta occasione d'intervento. Accadde, insomma, un episodio che le diede quello spunto tanto atteso mediante cui affrontare un sì delicato argomento, in modo, però, da non urtare affatto l'assetto mio psichico ed e-motivo. Era una tranquilla domenica mattina quando vidi la giovane figlia degli Williams, nostri vicini, piombare in casa come una folgore. Aveva un'aria quanto mai allegra e concitata che non le avevo mai notato prima, e il suo corpo sprigionava altresì una magnetica serie di vibrazioni segna-tamente pregnanti e vive. Susan (questo il suo nome) mi aveva sorpreso nel momento esatto in cui stavo per fare colazione; mia nonna, invece., si trovava a rassettare le stanze del piano superiore. Strano, pensai, i suoi occhi emanavano una luce talmente possente e audace da provocare in me una sorta di peregrina meraviglia. Trascorso qualche istante, ella riassunse il suo manierato contegno perbenista, così come si conviene ad una ragazza borghese perfettamente inserita in quella che tutti chiamano "società civile". Fu allora che Susan, col suo abituale atteggiamento ipocrita ed affettato, mi chiese se volevo unirmi a lei e agli altri ragazzi del vicinato per andare a messa ed assistere alla rituale cerimonia domenicale. Naturalmente trovai del tutto istintivo e categorico dirle di no, esprimendo tesi e ragioni di quella ch'io consideravo ormai una mia scontata ed ovvia posizione anticlericale. Ella si approssimò quindi alla porta senza rialzare neanche per un attimo lo sguardo verso di me e ciò (credo) non tanto per le motivazioni addotte al mio diniego, quanto piuttosto per una questione di orgoglio ferito. Ma cosa si aspettava realmente da me? Perché quell'invito talmente specioso e strano? Senonché, mentre ero immerso nei pensieri, fui raggiunto dalla calda voce della nonna: "Eh, povera ragazza! Devi proprio averle spezzato il cuore con i tuoi modi burberi e severi. "Ma come?" le risposi "non ho fatto altro che declinare un invito che giammai avrei potuto accettare!

"Ah, già" ribatté lei: "parli della Chiesa, naturalmente… Ma non ti rendi conto che ciò era soltanto una semplice scusa, null'altro che un pretesto? Che, in verità erano ben altri i propositi e gli intenti che si celavano dietro di essi?"

Stetti un pò a riflettere su tali allusioni e fui conseguentemente costretto ad avvedermi di una specifica ma essenziale realtà che costella l'universo della vita umana. Fortunatamente, però, nonna Liz mi venne saggiamente incontro, proseguendo il discorso nei termini a me più idonei e congeniali.

"Sovente le persone tendono a generare notevole confusione tra due concetti estranei e inconciliabili: quello di attrazione fisica e quello di amore! Capita spesso, infatti, che si affermi di essere profondamente innamorati di individui verso i quali si prova, invece, una sorta di trasporto dei sensi. Sicché non appena l'oggetto di simili desideri subisce modificazioni tali da minarne in tutto o in parte l'originalità, ecco che allora si assiste ad un simultaneo cambiamento anche di quel sentimento che si credeva di nutrire nei suoi confronti. Pensa, ad esempio, a quelle donne perduto sedicente amore possa venire immancabilmente meno allorquando essi cadono in uno stato di disgrazia. Oppure considera quei casi di donne o uomini i quali finiscono con l'innamorarsi dei prorompenti attributi corporei dei rispettivi partners, e come si manifesti uno squallido deterioramento di questa passione amorosa allorquando sopraggiunge un analogo deterioramento fisico (menomazioni varie, invecchiamento, ecc.)...".

Ascoltavo assorto e perplesso. Difatti, non avevo mai soffermato la mia mente su tali evidenze, ragion per cui risultava decisamente interessante l'opportunità così conseguita di colmare la precedente lacuna esistente nel mio panorama appercettivo. Tuttavia, l'argomento necessitava di ulteriore approfondimento poiché sentivo che, in questo campo, spetta unicamente all'esperienza pratica il compito di una acquisizione esplicativa. Di una sola cosa mi andavo via via convincendo, e cioè del fatto che l'uomo è dominato dall'ipocrisia e dalla continua mistificazione del giusto senso della Vita. D'altronde, anche con Susan avevo avuto modo di constatare tutto ciò e di capire quindi come nebulosa appaia la complessa questione dell'approccio affettivo tra i due sessi. Ogni qualvolta, infatti, che mi succedeva di incontrarla e di parlarle si verificava dentro di me una specie di turbamento emotivo dovuto più che altro allo sconvolgente ricordo di quei momenti quasi irreali in cui un'arcana parte di lei era riuscita ad infiltrarsi e dilagare in un'altrettanta arcana parte di me. Chissà, forse inconsciamente ero segretamente proteso verso il ritrovamento ottimale di quella Susan nascosta la cui scia mnemonica era ancora in grado, appunto, di suggestionare tutto quanto il mio animo. Ma purtroppo tale auspicato rinvenimento non si presentò mai più nel corso degli anni seguenti, per cui ella si manifestò a me nella consueta veste di ragazza falsa e superficiale lamenti, uccidendo in tal modo la natura stessa dell'essere. Non dissimile era, purtroppo, il quadro umano che mi si prospettava quotidianamente innanzi. Difatti, il rapporto con i miei compagni di scuola e con gli insegnanti in genere era quale rinnega la propria istintività e spontaneità di sentimenti frattanto divenuto ancor più fragile e deludente proprio a causa dell'assoluta mancanza di stima che caratterizzava ogni mio spirituale riverbero verso di loro. Era gente assai diversa da me; gente intrisa di un'arrogante quanto insopportabile presunzione in conseguenza di quell'inquinato codice relazionale e di valori erroneamente classificato come "cultura". Già la cultura! Mi chiedevo, in proposito, quale fosse la sua reale funzione in seno alla complessa dinamica su cui si impernia tutto l'agire degli uomini. Un giorno, a scuola, rivolsi una domanda al professor Cooper su un argomento di matematica. Ebbene egli non seppe rispondermi poiché tale mio quesito fuoriusciva da quella che era la comune concezione nozionistica vigente. Ciò, in sostanza, lo aveva obbligato a far uso della sua personale facoltà di costruzione logica, di modo che l'esito fu ovviamente negativo per via di una quanto mai oziosa abitudine intellettiva tesa ad una acritica sottomissione rispetto alla dottrina e ai dogmi imperanti- Giunsi così a convincermi che la cultura e la capacità mentale creativa sono due concetti ben distinti e separati, potendo inoltre comprendere quanto assurdo fosse l'attaccarsi pedissequamente alla cultura intesa come conoscenza passiva delle cose.

Quella stessa mattina poi, uscendo da scuola, avvenne un fatto particolarmente importante giacché introdusse nella mia vita   un personaggio davvero straordinario, il quale avrebbe inciso profondamente sul mio futuro. Stavo avviandomi verso casa quando fui inaspettatamente raggiunto da Erik Higginson, un nuovo compagno inseritosi da una settimana appena nella mia classe. Era un tipo alquanto strano e misterioso. La sua natura taciturna mal s'accorpava a quel suo aspetto inversamente fermo e risoluto; enigma, questo, che aveva stimolato la mia curiosità fin dal primo istante del suo ingresso in aula. Avevo notato che egli manteneva sempre una condotta impeccabilmente riservata e austera, mentre, al contrario il suo volto continuamente emanava concilianti segnali espansivi, limpidi sguardi e composti sorrisi. "Complimenti Nícanders... Il tuo intervento è stato davvero grande, o meglio eccezionale; Si, voglio proprio esprimerti tutta la mia ammirazione poiché non sono molti i tipi in gamba come te...". Un fluido pregnante e vigoroso vibrò al suono di quelle parole, depositando al contempo nei più remoti meandri del mio animo una sorta di luminosa e calda effusione.

"Be, sai com'è!?" gli risposi, dopo aver puntato il mio sguardo oltre gli occhi suoi: "L'episodio mi ha lasciato, invece, notevolmente deluso e costernato. Non è certo consolante il constatare l'alto grado di vacuità presente, purtroppo, nella stragrande maggioranza delle persone...". "So perfettamente cosa vuoi intendere", egli aggiunse, "E' indubbiamente vero quello che affermi. Penso tuttavia che, per quanto sordida e sconfortante appaia tale situazione, è già comunque un bene assai prezioso quella rarissima capacità discernitiva che la tua mente distingue dalle altre!" Trovai particolarmente profonda la sua individualità, fenomeno questo che mi proiettò quasi simbioticamente a lui ed alla sua aura così corposa e ben suadente. Dopodiché mi chiese se fossi intenzionato a partecipare alla festa di compleanno organizzata da una nostra compagna che si sarebbe tenuta il giorno seguente ed alla quale eravamo stati entrambi formalmente invitati. Cercai di spiegargli che non amavo tali festosi assembramenti ma egli riuscì (non so ancora come) a farmi recedere dalla mia decisione strappandomi, quindi, un esitante e flebile consenso. L'ambiente si rivelò essere esattamente com'io lo avevo im- maginato. Ridondanti volti cosparsi di sterili sorrisi; futili gesti improntati ad un'ipocrita sequela di cortesie e virtuosismi; incessante sfoggio d'insulsa banalità occlusiva. Per mia fortuna scorsi subito Erik, il quale si trovava in un angolo della stanza intento a discutere con alcuni rari che l'argomento principe della conversazione era addi- rittura - il problema religioso in tutta la sua complessità e implicazione. Immediatamente, però, capii che non si trattava di una pacata e bilanciata trattazione dialogica bensì di un tentato linciaggio psicologico operato da parte dei ragazzi. Mi unii dunque a loro e, con un certo stupore, apprestanti sostenitori di una tesi contro colui che tale tesi invece aspramente criticava. Gli altri, infatti, interloquivano in maniera assai compatta ed unitaria a difesa della suprema moralità cristiana. Erik li osservava molto attentamente e con aria (oserei dire) alquanto divertita, ma tutto rigorosamente scrutando e percependo. Li lasciò parlare fino in fondo, fino a quando cioè - stravolti ed eccitati dalla loro stessa esaltazione - giunsero a quietare le loro animosità oltranziste dall'indole così poco "cristiana". Erano sfiniti, estenuati, mentalmente disorientati. Ciò a causa del compimento di un esercizio semantico filosofico talmente arduo e macchinoso da farli poi invischiare in una contorta rete di citazioni, versetti e d'altrui detti i quali avevano confuso a loro volta oltre ogni limite quelle loro improprie idee e convinzioni. A tal punto egli intervenne, con la flemmatica eloquenza che lo contraddistingueva, nel vivo merito della questione attraverso la concisa e lineare esposizione di un concetto oltremodo semplice e rilevante; concetto che improvvisamente sortì un effetto di gelido imbarazzo tra i presenti. Affermò cioè che la religiosità, così come anche qualsiasi altra forma di superstizione, assolutamente inutile ai meri fini della concretezza poiché rappresenta nient'altro che una via di comoda illusione. Le sue parole, naturalmente, sollevarono di molto il mio morale e con sincera simpatia pensai di aver finalmente incontrato uno dei pochissimi (ancorché autentici) "rivoluzionari" esistenti sulla deturpata faccia dell'intero nostro pianeta. Ci guardammo quasi in segno d'implicita intesa, dopodiché fummo interrotti dagli schiamazzi degli altri invitati che concitatamente proruppero in tutta la sala. Erano, per l'esattezza, delle pressanti acclamazioni rivolte a Mary Smith, la ragazza festeggiata, e alla quale si chiedeva l'esecuzione di qualche brano classico al pianoforte. Allora ci sedemmo, in attesa di assistere all'imminente esibizione. Non l'avevo mai udita suonare prima d'ora, ma circolava voce che fosse una pianista di alto livello artistico. Perciò, fu con immenso piacere che andai a gustare la magica profusione di quelle note. Anzi, devo dire che una viscerale attrazione istantaneamente provai per quelle fantastiche melodie, tanto che una sorta di sublime incantesimo dolcemente avvinse il cuore mio rapito. Era come se la musica riuscisse ad esercitare un estatico ascendente su di me, insieme ad un ignoto potere capace di lambire i miei sentimenti più intimi e profondi.

L'amicizia tra me ed Erik crebbe di giorno in giorno. Difatti, andarono via via moltiplicandosi le nostre occasioni d'incontro e di contatto. Gli raccontai ogni dettaglio concernente le mie vicende passate, e fu per me un considerevole soccorso spirituale il poter condividere tali dolorosi aspetti della mia vita con una persona stupendamente affine e meritoria. Ovviamente anche lui mi onorò quale privilegiato destinatario di delicate apprensioni e confidenze relative alla sua giovane esistenza, ma ciò che appresi si rivelò essere parimenti triste e sconsolante. La sua situazione, in sostanza, era quella tipica di un ambiente ricco e borghese, caratterizzato da un esasperante conflitto familiare riguardante purtroppo i suoi stessi genitori. Questi ultimi non facevano altro che litigare in continuazione e per ogni minima causa od inezia, generando pertanto un clima di diffusa tensione dalle prospettive più che mai scoraggianti frustrato), per cui egli trasse incomparabile giovamento dall'eccezionale maturità insita in quell'elevato e trasparente nostro rapporto. Mi confessò, addirittura, il suo grande e sempre più irresistibile desiderio di andar via di casa per sottrarsi a quella deprimente condizione che ri- schiava di ammalare in modo irreparabile la sua psiche innocente- In altre parole, la similitudine delle rispettive nostre estrazioni - in riferimento ad una comune genesi costitutiva fatta di inenarrabili angosce e sofferenze - consolidò enormemente la nostra stima. Essa ci rese inoltre fieri per aver trovato un valido aiuto corroborante ed un pur stretto sentiero di serenità.

L'unico elemento che provvedeva a differenziare un pò la mia storia dalla sua era costituito dalla presenza affettiva di Erik si sentiva dunque sin troppo solo ed incompreso (ovvero mia nonna, la quale era riuscita sapientemente ad occupare il vuoto conseguente alla perdita dei miei cari. Purtroppo, però, l'avanzato stato di vecchiaia sempre più minava quel suo esile corpo e la brillante energia del suo temperamento. Ciò, necessariamente, mi portò a condurre una vita ancora più casalinga e ritirata. Dovevo infatti aiutarla nel normale disbrigo delle faccende domestiche. Sicché avvenne che, mentre prima era lei ad accudire me, adesso ero io a dovermi prendere cura di lei.

Questo è il grande e sommo ciclo dall'esistenza, questa l'inarrestabile Parabola! C'era tuttavia qualcosa in lei che appariva completamente scevra e immune da quel processo di graduale disfacimento innescato dal tempo, ossia: la saggezza. Giunsi così a constatare come il concetto di salita e di discesa con cui si è soliti definire il più generale fenomeno della vita umana, sia valido soltanto se riferito ad un fattore prettamente fisico e concreto- Esiste cioè una scala evolutiva di maturità che non degenera assieme all'organiamo in cui alberga, ma che, qualora venga debitamente alimentata, è indubbiamente in grado di progredire costantemente suscitava, comunque, un'immensa sensazione di tenerezza; non l'avrei mai abbandonata.

Erik veniva spesso a trovarci. Egli mi offriva la sua utilissima collaborazione in ordine all'affettuazione dei della figura estremamente candida e dolce di nonna Liz mi su versi lavori di casa coi quali ero costretto a cimentarmi, e il più delle volte si tratteneva poi con me per studiare o per discutere sul mondo e sulla vita. Nel mio cuore, insomma, si era ormai aggiunto un ulteriore sentimento verso Erik. E tutto ciò fu ovviamente stimolo di una maggiore crescita interiore in entrambi, oltre che di benefico ancoraggio per i nostri poveri animi tanto sperduti e indomiti. Insieme a me ed alla mia nonnetta egli trovava quel calore affettivo che non poteva ahimè apprezzare in seno alla sua famiglia, ed Elisabeth era come se avesse acquisito un altro nipote. Si andava intanto affermando nella mia sfera cognitiva la consapevolezza secondo cui i buoni sentimenti sui quali verteva la mia esistenza sfamavano in misura soddisfacente il mio stomaco spirituale. Il progredire di tale situazione emotiva mi fece altresì capire quanto l'attività conoscitiva di un individuo sia strettamente connessa a quella affettiva. In altre parole, la crescita della nostra amicizia determinava un simultaneo accrescimento della nostra personalità ed integrità morale. Pure, da siffatta considerazione trassi valido spunto per dedurre ed appurare che giustizia. Cominciavo, quindi, ad aprire lentamente gli occhi sui vari problemi che da tempo mi ponevo, ma nonostante ciò avvertivo che la chiarezza totale era ancora di là da venire. Sapevo, fin nei più reconditi anfratti di me stesso, l'amore è una piacevole presa di coscienza, di virtù e di che un giorno sarei certamente riuscito a conquistare l'impervia cima di quella montagna suprema sponde al nome di verità.

Sentivo altresì che la presenza di Erik era ben gradita a mia madre Jane e a mio padre Gustaf, i quali circondavano la mia vita con il loro mai sopito amore. Nelle fredde sere d'inverno io, il mio amico e nonna Liz, colorivamo le nostre ore con proficue e sagaci interlocuzioni. Ancora adesso mi d'insieme, con la nonna che si cullava sulla sua poltrona a dondolo e noi seduti, invece, sul gradinetto posto sotto la finestra in cucina.

Eh... che poesia!

D'altro canto, però, vi era un aspetto occulto ed inquietante segnalato dalle persistenti fiamme appiccate da un brutto ricordo di morte e di ingiustizia che continuavano a divampare dentro di me, infuocando al contempo un latente senso di rivalsa verso il preminente colpevole dell'uccisione dei miei genitori: il male! Volevo a tutti i costi impadronirmi dei segreti del sapere per sconfiggere tale mostruosa entità. Dovevo lavorare tenacemente; dovevo insomma impossessarmi delle supreme armi del bene al fine di poter entrare in guerra col nemico. Ben sapevo, al riguardo, che maggiore era il sacrificio compiuto e più alto il positivo riscontro che ne avrei ricavato. Acquistai man mano coscienza di come ad e maestosa che mi sembra dì rivedere dettagliatamente quel simpatico quadro azione corrisponda una reazione, ineluttabile e certa. Giunsi sostanzialmente ad avvedermi di un perfetto disegno naturale il quale mirabilmente ricama una ben limpida e deliziosa tela di sovrana giustizia. Con sempre crescente stupore e meraviglia ammiravo, infatti, la matematica e ferrea oggettività della Natura. Sicché, col tempo, due nuovi e solidi parametri valutativi arrivarono a compimento nei cerebrali strati del mio spirito sino a presiedere e strutturare l'austero limbo dei miei pensieri, ossia: la visione i-potetica e soggettiva, e quella vera ed oggettiva. Da qui prese il via, inoltre, un sempre più acceso e determinato orientamento d'ogni mio interesse verso la seconda di tali distinte prospettive. Fu allora consequenziale la comprensione di importanti realtà afferenti il globale assetto e funzionamento dell'esistenza umana e universale. Capii, ad esempio, che ogni deduzione acquisita mediante la conoscenza soggettiva ed ipotetica non corrisponde affatto ad una prova o verifica di tipo logico, ma (inversamente) la sua validità regge unicamente su criteri deboli, illogici ed infondati. Ciò mi portò anche ad intuire l'inesorabile collegamento esistente tra soggettività, parzialità, discordanza, guerra e quindi MALE, e oggettività, unione, armonia, pace e quindi BENE. Appresi insomma che il procedimento cognitivo può per-correre due diversi sentieri, l'uno volto in direzione di una desolante povertà soggettivistica, e l'altro invece in direzione di una idilliaca fusione cosmica. Ecco perché mi apparve ben presto evidente come la segmentazione ideologica che frastaglia l'umanità sia un fatto assolutamente negativo e deleterio ai fini del generale andamento naturale. Per converso, è inconfutabilmente necessario che tutti penetrino l'assai sublime dimensione della totalità per proiettare così la propria meta verso un modello di vita che sia perfetto e congeniale; prototipo ideale, questo, che altro non è se non l'auspicabile raggiungimento di un equilibrato quanto appagante stato di salute sia del corpo che della mente. In ciò consisteva l'assai feconda attività dello strato più elevato e metafisico di tutto quanto il mio essere. Ma immediatamente al di sotto di talc soglia eterea (ossia ad un livello strettamente empirico e concreto) svolgevasi quella che è comunemente definita "vita pratica quotidiana". Le due sfere, benché sincronicamente concatenate e dipendenti, o-stentavano aspetti e caratteri decisamente contrastanti e alieni. Ad esempio, mi trovai ben presto di fronte all'esigenza di procurarmi una qualche occupazione in grado di consentire a me e alla nonna di sopravvivere. Mi capitò, allora, una fortunata opportunità offertami dal padre di Erik, il quale mi fece assumere nella fattoria di un suo caro amico. Imparai così ad arare i campi, curare i raccolti, mungere le mucche, e a fare insomma un pò di tutto. Ormai avevo abbandonato gli studi, dal momento che il lavoro assorbiva quasi completamente il mio tempo disponibile. Difatti, ero costretto a svegliarmi il mattino presto per raggiungere in tempo la fattoria, che si trovava alla periferia di Saratoga; la sera, poi, rincasavo piuttosto tardi. Ero veramente molto stanco, per cui l'unico desiderio che provavo alla fine di ogni giornata era quello del caldo sapore del mio letto e della soave magia dei notturni sogni. Naturalmente si diradarono anche le occasioni di incontro con Erik, il quale però veniva ugualmente a casa per fare un pò di compagnia ad Elisabeth. Il nostro rapporto permaneva quindi idilliaco e favoloso. A questo punto vorrei citare uno straordinario episodio di cui egli si rese partecipe e il mio ricordo si staglia ancor nitido, e luminoso pulsa dianzi ai miei occhi come se fosse adesso- Sicché ho il piacere di rivivere quel fantastico 10 aprile del 1793, giorno del mio ventitreesimo compleanno, vibrando delle medesime ed indelebili sensazioni- Accadde che, non appena tornato a casa, notai la tavola imbandita e colma delle migliori cibarie. Ma il fatto più commovente fu il regalo che essi mi fecero; un regalo che mi svelarono dopo la consumazione di quella splendida cena, allorché mi invitarono a recarmi nella mia camera. Ebbene, ciò che lì vi trovai mi lasciò senza fiato poiché si trattava, addirittura, di una meravigliosa pianola. Certo doveva essere costato molto un simile dono in quanto, a quell'epoca, la pianola era uno degli strumenti più privilegiati e ambiti. Essa diventò ben presto un oggetto sempre meno inanimato, trasformandosi via via in una vera e propria amica che trasmetteva a me stesso sensazioni incredibilmente superiori. Fu, il nostro, un legame destinato a culminare in una sorta di sublime morbosità affettiva, in cui si sprigionavano i più sommersi impulsi passionali, Giunsi cioè a contatto con fastose dimensioni di trascendente natura le quali, altrimenti, giammai avrebbero potuto estrinsecarsi in tale venusta gloria. Essa, in sostanza, aveva l'inusitato pregio di rendere udibili e percepibili gli inafferrabili suoni, empiti, ed i sussulti tutti prodotti dal mio animo- Dovetti però ridurre il mio impegno di lavoro in fattoria, cui fece inevitabilmente seguito una corrispondente riduzione di guadagno. A ciò, comunque, non avrei mai potuto porre rimedio in alcun modo dal momento che troppo importante e irrinunciabile risultava essere lo studio del magico strumento. Mi imposi, allora, di sopportare alcuni sacrifici di tipo economico per consentirmi, per converso un maggiore approfondimento tecnico di quell'eccezionale e incommensurabile vena artistica che i sensi rapiva: la musica. Dopo un pò di tempo divenni più che esperto, potendo oramai eseguire con abilità e perizia inattese sonate di particolare levatura estatica.

Eravamo frattanto pervenuti alle porte del nuovo secolo ed il mio andamento di vita si era così assestato su di un modello veramente romantico.

Talvolta avevo persino l'impressione di trovarmi completamente calato nel mezzo di uno splendido sogno. La contentezza derivatami da quella situazione mi faceva altresì sentire quasi in paradiso; nei miei occhi erano facilmente leggibili la pace e la bontà di simile incanto, che mi portavano a provare amore verso tutto e tutti. Sicché accadeva che quando mi trovavo per strada, suggestivamente inebriato da tale suprema condizione, la gente mi guardava stranita così come avrebbe guardato un qualunque essere proveniente da chissà quale altro pianeta.

Sentivo, insomma, di possedere un forte potere attrattivo per cui, alla stessa stregua di una calamita, esercitavo sugli altri una specie di azione assorbente. Nel mio sguardo a in ogni afflato vitale era probabilmente leggibile l'entità maestra dello straordinario mondo che mi avvolgeva, per cui era forse una sorta d'inconscio anelito ad entrarvi che spingeva gli altri a fissarmi con occhi smarriti ed incantati. Da una simile situazione, d'altronde, non potevano che scaturire eventi di eccezionale portata e valenza per tutto il mio esistere, come ad esempio quello verificatosi in una strana mattina primaverile che vide il sorgere, tra i tanti altri, di un tenerissimo fiore dai ben sontuosi petali e dai novelli odori. Accadde infatti che, mentre era intento a raddrizzare una palizzata dinanzi all'azienda dove lavoravo, mi sentii chiamare da una voce limpida e suadente. Alzai allora il capo per vedere meglio da dove essa proveniva, e scorsi così una ragazza poco distante da me. Ella poi, non curante del mio imbarazzato stupore, proseguì a parlare con tono fermo e assai cordiale: "Anders...non mi riconosci? Non è possibile...!!". Stetti un istante a riflettere sul merito dell'intricata questione, dopodiché fui colto da un improvviso bagliore di sempre verdi reminiscenze grazie al quale pervenni a quello sbalorditivo riconoscimento. Si trattava, invero, di una mia cara amica di infanzia di nome Nancy che aveva lasciato Saratoga appena tredicenne. D'un tratto riaffiorarono dunque alla mia mente le carezzevoli suggestioni provenienti dalla nostra innocente nonché candida amicizia, ed il sottile dispiacere che aveva fatto seguito alla sua partenza per Philadelphia. "Nancy...sei proprio tu? Questa sì che è una sorpresa... allora sei tornata?" le dissi, quasi farfugliando. Effettivamente provavo una gioia indicibile e incontenibile, cosicché mi avvicinai di slancio verso di lei per abbracciarla. Ridevamo entrambi come due bambini, e in quei momenti era come se il tempo non fosse mai passato a dividere e separare le nostre strade. Mi raccontò brevemente i motivi del suo ritorno; motivi legati, purtroppo, ad un avvenimento funesto che aveva colpito qualche mese addietro la sua famiglia e cioè: la morte del sig. William Jackson, suo padre. Rimaste sole, lei e la madre, avevano pertanto deciso di trasferirsi nuovamente a

Saratoga e così, da appena una settimana, avevano rioccupato la loro vecchia abitazione.

Quella notte non riuscii a chiudere occhio poiché provavo uno struggente bisogno di lei, cosa questa assolutamente inedita e sconvolgente per il complessivo assetto di tutto quanto il mio essere.

Ma quando il mattino successivo, recandomi al lavoro, incontrai Nancy che veniva volutamente verso di me potei felicemente constatare che anche il suo cuore avvertiva analoghe sensazioni. Gli scintillanti suoi sorrisi e le trepidanti palpitazioni del suo animo fecero sì ch'io capissi quanto profonda e intensa fosse la sua selvaggia brama di penetrare, svelandolo, quel seducente mistero dei miei occhi, per poi cogliere insieme a me gli auspicati frutti della serenità. Fummo ben presto preda di una reciproca e turbolenta passione che ci avvinghiò saldamente l'uno all'altra coi sinuosi lacci d'un robustissimo sentimento fatto di stima, di amore e di indescrivibile dolcezza.

La sorte aveva voluto regalarmi l'angelo dei miei sogni; dono che io non potetti che identificare come la tanto attesa ricompensa spettantemi dopo i patimenti della mia vita passata. Si, l'amavo ormai irreversibilmente e la cosa assumeva sembianze sempre più incisive..!

Prendemmo a passeggiare spesso lungo l'ovattato dorsale d'un ridente viale, ove la complicità dei suoi pini forniva a noi l'utile alibi per sottrarci agli indiscreti sguardi della gente oltre che ai fastidiosissimi rumori prodotti dai calessi in corsa.

CAPITOLO IV

UN SOGNO D'AMORE

Ah, quel viale, quante magnifiche sensazioni ad esso mi legavano! Lei, una donna dall'aspetto austero e deciso, ma al contempo così tenera e sensuale...! Io, per mia indole, fui portato ad aprirmi completamente nei suoi riguardi, e ciò senza preamboli né pregiudizi. Inoltre, ormai provetto musicista, composi in suo onore un romantico motivo dalle fulgenti note. Nancy parve gradire immensamente tale genuino pensiero, tanto da volerlo ascoltare almeno una volta al giorno.

Il sogno, tuttavia, prese ben presto a manifestare inquietanti segnali d'incontrastabile disgregazione, alla stessa stregua di un monte il quale in un solo istante la propria corposa mole inopinatamente giunge a sgretolare. Ed i frantumi di quell'eccelso incanto di nome Nancy iniziarono a presentarsi man mano alla mia vista, nonostante i miei sforzi tendenti a far sorvolare sopra di essi lo sguardo mio attonito e sbigottito. Tutto ciò a causa di una realtà esecranda dove vige la legge del conformismo più becero e fallace, che poi a sua volta poggia su di un terreno sterile il cui principale humus costituente altro non è che l'assai ipocrito formalismo, altrimenti denominato "convenzione sociale". Tali falsi valori rappresentavano da tempo i miei più acerrimi nemici, ragione per cui continuavo a pormi tuttora al loro cospetto con uno spirito decisamente conflittuale e avverso. Difatti, la rilevante differenza di classe che si configurava tra le nostre rispettive famiglie determinò ad un certo punto un intervento ostile contro di me da parte di Ester Jackson, sua riveritissima madre; cosa questa che finì con l'esercitare un deleterio effetto di disturbo sulla già fragile e delicata psicologia di Nancy, per sua natura alquanto docile e remissiva.

Con il passare dei giorni la situazione andò incrinandosi considerevolmente ed io notavo che, ormai, i suoi occhi non emanavano alcuna limpida luce di gioiosa e serena letizia. Conseguentemente, anch'io cominciai a soffrirne moltissimo! Insieme alla pace interiore ed esistenziale persi anche la capacità logica di ragionamento, dato che l'orizzonte mio cerebrale veniva sovente assalito da perniciosi moti ottenebranti. Avvenne pertanto che quella sera in cui lei mi comunicò, tra il silenzio e il pianto, di aver deciso di assecondare il volere della madre, ossia recarsi a Boston per continuare gli studi, non fui preso completamente alla sprovvista. Una simile conclusione era, così, nell'aria già da qualche tempo ed io (pur dilaniato da un lancinante e soffuso stato di disperazione) rimasi immobile quasi paralizzato da quel silenzio assordante, nonché impossibilitato a generare una qualunque forma di reazione. Quel silenzio piombò diritto sino in fondo al mio cuore, sin dentro le vene svuotate e gli argini mentali; un silenzio funereo che avviluppò persino il mio respiro per un lungo periodo protrattosi oltre la sua partenza. Un silenzio che nemmeno le calde note profuse dalla mia pianola riuscì ad attenuare, benché il mio ricorso ad essa si fece ovviamente più frequente ed intenso. Suonavo e risuonavo in modo quasi ossessivo il brano che con tanta passione avevo composto per lei, decidendo soltanto adesso quel titolo che avevo precedentemente lasciato sempre in sospeso giacché spinto da un inconscio ed oscuro presagio. Scelsi di intitolarlo, semplicemente, "Un sogno d'amore", e lì riversai le amarezze dell'esperienza così drasticamente vissuta e consumata.

I mesi, i giorni e gli attimi dell'esistenza procedettero innanzi sulle onde di un ritmo assolutamente pigro e da indolente; il peso stesso della mia ombra si fece inenarrabilmente truce e soffocante! Fortunatamente, però, la discreta ma sollevante vicinanza delle uniche persone al mondo che io sinceramente e sopra d'ogni altra cosa amavo, indussero la mia sorte a liberarsi lentamente da quella gelida morsa infernale. La candida tenerezza di mia nonna, nonché la radiosa saggezza del mio caro amico Erik, fecero sì che una timida patina di rigogliose tinte primaverili giungesse quanto prima ad ammantare di nuova luce e suggestione l'afflato mio vitale.

Fui cioè spettatore dello sprigionarsi, all'interno di me, di energie e forze altamente ricaricanti le quali accorsero misteriosamente in mio aiuto nella maniera in cui, d'altronde, lo avevano già fatto in similari occasioni del passato, allorquando un'analoga furia devastante rabbiosamente s'era abbattuta sul mio amaro destino. Trovai una ragione di quanto accadutomi, e ciò risultò infine in grado di soddisfare il mio appetito logico-intellettivo. Ricordo una mattina in cui mi destai sorretto da una rigenerata propensione alla vita, fatto questo che alimentò l'intera composizione mia personale coi rinnovati sapori delle mie antiche matrici ed essenze spirituali. Pensai allora che era ormai arrivato il momento di riprendere a lavorare, per cui mi recai giù alla fattoria per parlare con il signor David Putnam (il proprietario). Egli mi accolse festosamente, manifestando vero senso di allegrezza nel vedermi. Dopodiché agevolò il mio compito in quanto direttamente egli stesso mi chiese, in modo squisitamente affabile e generoso, quando ritenevo di poter cominciare nuovamente la mia attività presso di lui. Inutile dire, a riguardo, che tale cordiale suo atteggiamento fu da me particolarmente gradito ed apprezzato.

La riacquisizione del mio vecchio impegno occupazionale favorì, in maniera ancor più segnata e manifesta, il decollo di quell'inesorabile cambiamento d'esistenza su cui dovetti necessariamente ricomporre, incardinandoli, gli sparpagliati resti della mia anima. Ciò sanciva, in definitiva, l'imprescindibilità di una "fine" la quale abbisogna però d'essere superata e cancellata dalla germogliosa evidenza d'uno speculare "inizio" palingenetico.

Negli sprazzi di tempo libero mi dedicavo naturalmente agli affetti; intendendosi compresi in essi sia gli individui da me amati che le elette composizioni della mia musica. Tale idilliaco modello di realtà, tuttavia, non poteva certo sottrarsi alla suprema legge universale secondo cui nulla è fermo e statico, ma tutto eternamente in movimento e trasformazione. Ciò vuol dire che un ulteriore avvenimento giunse a scompaginare quel tranquillo andamento di vita sì faticosamente conquistato, scaraventando nuovamente la mia anima sopra i freddi spalti di un dolore alquanto atroce e sconfinato: la perdita di nonna Liz! Ricorreva l'anno 1794. Tutto accade una mattina di quel novembre eccezionalmente triste e gelido, quando cioè non scorsi la lieta figura della donna affaccendata in cucina come suo solito. Mi recai dunque prontamente nella sua camera, ove la trovai però distesa sul suo letto senza più vita. Rivedo ancora adesso la serena espressione dipinta sul suo volto, che ora appariva come quello di una bambina. Li per li fui assalito dallo sgomento ... mi gettai su di lei urlando e piangendo, aggrappandomi disperatamente al suo corpo ormai esanime. Dopo un pò tornai ad osservarla. Ero sorretto, probabilmente, dalla speranza di poter cogliere qualche estremo messaggio di commiato in grado di fungere in futuro da preziosa risorsa spirituale da cui attingere, e con il quale colmare il vuoto incipiente rappresentato dalla sua scomparsa. Ma l'unica comunicazione che ella lanciava alla mia volta sembrava proprio essere quella irradiata dalla pacata ineffabilità del celestiale suo aspetto. Mi convinsi, allora, che la morte era sopraggiunta senza provocarle alcuna sofferenza o spasmo, ma anzi dolcemente, facendo sì ch'ella si spegnesse per lenta consunzione alla stessa stregua di una candela. E sicuramente, pensai, un posto migliore già l'attendeva ..!

Erik rimase quindi l'unica persona al mondo a riscaldare, illuminare e sorreggere la consistenza della tormentata ancorché gemente mia umanità. Egli venne a trovarmi con maggiore frequenza ed assiduità, ben sapendo che la sua vicinanza mi risultava oltremodo utile per mitigare la furia di quell'inondante solitudine le cui vorticose spire avrebbero anche potuto travolgermi ed ingoiarmi, Già... il mio impagabile amico! Sempre pronto al mio fianco ad offrirmi il suo discreto, silenzioso e pur così efficace aiuto nei momenti di più rabbioso e cupo malessere. Sempre genuinamente disponibile nel porgermi la sua premurosa mano allorquando mi trovavo sull'orlo del mio ricorrente precipizio esistenziale.

Una sera egli giunse da me con un'aria pregna di soffocata amarezza. I suoi occhi apparivano come ammantati da uno scurito velo di disperazione. Soltanto allora (mentre le fitte lame di quell'angoscia presero a dilaniare financo la mia anima) mi resi conto di non aver fatto poi molto in suo favore per manifestargli, al pari di lui, la veracità e purezza della mia amicizia. Ero stato infatti il principale fruitore di quel magnifico sentimento; il suo preminente fulcro di smisurata ricezione e di altrettanto smodato assorbimento. Gli rivolsi, pertanto, uno sguardo nel tentativo di rassicurarlo e, al contempo, di incitarlo alla liberazione confidenziale. Sicché mi disse di essere oramai stanco di vivere in una famiglia fittizia quale la sua, al cui interno regnava soltanto una deturpante sorta di serrata conflittualità, di tensioni, ostilità ed odio. Poco prima egli aveva assistito, nauseato ma impotente, all'ennesimo litigio dei suoi genitori; cosa questa che aveva urtato ancor più profondamente la sua delicatissima sensibilità. Da qui, conseguentemente, nacque l'idea di trasferirsi a casa mia e lasciare così quell'insopportabile inferno. Per fortuna, quasi istantaneamente, il suo volto assunse il colore di un tenue sorriso ed io fui in tal modo ripagato immensamente.

Man mano che i giorni correvano, come stille sciolte dal tempo, ci accorgevamo che le nostre esistenze andavano sincronizzandosi sempre più al punto da divenire come due suoni scanditi della medesima melodia. Ci permeava un'aura densa di evanescente e fluida corposità, la quale ci rapportava l'uno all'altro in una specie di sottesa simbiosi accrescitiva.

Nulla di strano quindi allorquando ci trovammo a constatare, qualche mese dopo, l'identica maturazione nelle nostre menti di una decisione ritenuta ormai irrinunciabile: la partenza da Saratoga verso altre città e continenti! Ciò a causa del fatto, probabilmente, che gli assai spiacevoli avvenimenti di cui eravamo stati purtroppo vittime avevano ristretto enormemente il nostro spazio umano e vitale; nuove esperienze e nuove avventure bussavano ora insistentemente all'avvinta soglia della nostra bramosia di conoscere.

La scelta del luogo cui riferimmo tale pressante desiderio di evasione ci fu suggerita dalla mia curiosità circa il "ritrovamento" del mio paese di origine, ossia la Svezia. Fu un'idea, pertanto, che si delineò alquanto rapidamente nei suoi contorni e che sortì ben presto un concreto piano di realizzazione. Ci informammo, con oculata attenzione (visto che dovevamo imbarcarci clandestinamente), circa le varie possibilità di viaggio e sapemmo allora che un mercantile sarebbe salpato il 21 ottobre dal porto di Boston. Apprendemmo inoltre una notizia che avrebbe facilitato non poco il nostro piano giacché, fortunatamente, su quella stessa nave era richiesto del personale per eseguire le operazioni di carico della merce. L'addetto alle assunzioni era un certo James Clark. Il progetto era dunque perfetto: dopo aver avuto accesso alla nave per depositarvi qualche barile, ci saremmo agevolmente nascosti nella stiva. Bene... mancavano ormai poche settimane alla data stabilita e noi dovemmo impiegarle nella sistemazione di questioni pratiche che non potevamo certo lasciare in sospeso, nonché nella preparazione di quanto ci sarebbe occorso durante e successivamente il viaggio. "Avventura" era indubbiamente il termine più adatto a definire il futuro che ci attendeva!

Per rispetto dei miei genitori e di mia nonna Elizabeth decisi di non vendere la casa poiché sarebbe equivalso a vendere una creatura viva ed animata. Le emozioni ed i sentimenti che in essa pulsavano, con sempre fresca e imperitura attualità, costituivano una realtà sacra ed inviolabile: somma!

Giunse così il momento della partenza. Gettai un ultimo breve sguardo di addio alle cose di quella cara dimora: i mobili, i quadri, la sedia a dondolo della nonna ed infine il mio amico pianoforte. Mi convinsi allora, una volta di più della nobiltà e giustezza del mio gesto nell'aver lasciato perfettamente intatta quella casa, proprio in onore alle adorate persone della mia vita che avevano saputo amarmi veramente ed illimitatamente.

Questa considerazione ebbe altresì il merito di profondere un immensa soddisfazione all'intero mio animo. Dopodiché feci cenno ad Erik che ero pronto ad uscire onde intraprendere l'avvio di quell'arcano cammino cui avevamo voluto destinarci. Appena chiusa la porta dietro di noi, evitai di voltarmi poiché sapevo che la mia fase esistenziale esigeva adesso di relegare il mio passato definitivamente alle mie spalle. E, difatti, tra le ombrate mura di quell'abitazione io stavo lasciando anche il piccolo Anders...!

CAPITOLO V

UN VIAGGIO DI SAPERE

Da Saratoga a Boston vi erano circa 180 miglia di distanza. La prima giornata di viaggio procedette in maniera lineare, ovvero senza intoppo alcuno. Il tutto assunse ben presto un tonificante sapore dalle elettrizzanti ancorché eccitanti essenze, e il vellutato incedere notturno conferì a quell'affascinante avventura toni di più accattivante seduzione. Dovemmo fermare il nostro calesse più volte allo scopo di chiedere esatte informazioni circa le strade da seguire per giungere a Boston. Al calare della sera, poi decidemmo di sostare in un piccolo paese dall'aspetto particolarmente ameno ed accogliente. Entrammo dunque nell'unico saloon lì esistente dove ci fu data la possibilità di mangiare e pernottare. Ma alle prime luci dell'alba fummo nuovamente desti e pronti ad intraprendere la nostra marcia: un altro giorno di intenso cammino già ci attendeva! Incontrammo paesaggi a dir poco paradisiaci; luoghi traboccanti di una prosperosa magnificenza naturale; vegetazioni ricche e lussureggianti tra le cui fronde un variopinto universo di gentili creature intesseva un armonioso incanto di orlati suoni e melodie. Rinascemmo, insomma, in seno a simili propagini d'incomparabile soavità.

Infine, la mattina del 21 ottobre, entrammo nel porto di Boston. Ci recammo immediatamente all'ufficio portuale del signor Clark, il quale acconsentì alla nostra richiesta di ingaggio e ci mise subito a lavorare. Sicché, armatici di buona lena, ci rimboccammo le maniche per cominciare a trasportare la merce nella stiva. Qui, in ultimo, andammo a nasconderci al termine delle operazioni di carico. Avevamo un pò il cuore in gola, ma una sorta di smaniosa ed ostinata determinazione fece da scudo contro ogni tipo di esitazione. Anzi, allorquando sentimmo la nave scivolare lentamente in mare dopo essersi staccata dal terrestre molo, ci sembrò quasi di assistere ad un miracolo. Nuove sensazioni, insieme ad un panorama squisitamente inedito ed imponente, fecero timidamente capolino nelle nostre coscienze. La vista di quell'immensa distesa d'acqua sotto di noi era qualcosa di veramente superbo e straordinario. Risultava infatti estremamente suggestivo il confronto in atto con le due uniche componenti cosmiche che or si estendevano davanti a noi, ossia: il mare ed il cielo! Due grandi e sovrastanti misteri, impregnati d'Assoluto, assai differenti tra loro eppur congiunti da una compenetrata linea accomunante, ossia: l'orizzonte! E di fronte a ciò io, semplice parte infinitesimale del tutto, non potevo esimermi dal pensare alla maestosa ed elaborata perfezione del Creato intero. Riflessioni queste nelle quali, tra l'altro, sprofondavo globalmente il mio essere, in modo tale da perdere addirittura la cognizione pratica del tempo. Io ed Erik... amici e fratelli al cospetto di Dio, completamente sperduti in quello sterminato oceano esistenziale, avevamo così intrapreso un incredibile viaggio verso ignote mete ed il cui esito non mi era dato al momento di prevedere!

Dopo alcuni giorni ancora un altro elemento giunse a completare il quadro di tanta esclusiva estensione: il silenzio! Un silenzio che fu dapprima discreto e modulato (rimanendo quindi nel taciturno sfondo), ed in seguito invece fragorosamente compatto ed assoluto. Esso aumentò, altresì, la proliferazione endogena della mia mente. I miei pensieri, infatti, sempre più numerosi scandironsi all'ovattato rumore delle onde che continuamente lambivano la laminata chiglia del possente veliero. Quanta luminosa grandezza scorgevano i miei occhi stanchi guardando al di fuori di quelle umide pareti..! Ciò mi arrecava, del resto, un portentoso senso di umiltà giusto in virtù del considerare me stesso in rapporto a tanta solenne immensità. Eppure doveva pur esserci un punto preciso dove collocare l'uomo assieme alla sua morbosa sete di conoscenza! Ero convinto che la complessa matassa del Sapere ha poi un unico filo costituente; cioè che la piramide della conoscenza avesse dunque un apice raggiungibile. Ero, in altre parole, abbastanza ottimista nei riguardi delle conquiste conseguibili dalla cognizione umana. Presumevo ed ipotizzavo ogni cosa, e tutti i perché di quei segreti. Acquisivo incessantemente teorie ma poi, stufo del loro seppur minimo margine di discutibilità, le abbandonavo impietoso onde continuare a vagare alla ricerca di altre che reputassi più certe e solide. Tentavo sempre di capire, sforzandomi di spazzar via con un secco e frettoloso colpo di ragione i copiosi interrogativi che l'esistenza insidiosamente mi poneva. Volevo insomma scalare tale enigmatica piramide dello scibile, soltanto che, dopo un gradino faticosamente acquisito alle configurazioni mie intellettive, mi accorgevo che un altro ancora assai più impervio ed arduo tosto seguiva. Allora a volte, stremato, tornavo a chiedermi quand'è che avrei raggiunto quel sommo vertice agognato; quando sarei approdato a quella pianeggiante isola composta di un'eterna orizzontalità splendidamente scevra di granitiche salite e rocciose verticalità. Sentivo che la Verità del mondo si trovava tutta racchiusa in quelle albe dorate e in quei tramonti purpurei che la Natura, ogni giorno, generosamente mi donava; bastava semplicemente ch'io aprissi gli occhi atrofizzati per carpire i misteri 11 cifrati.

Dalla data della partenza erano ormai trascorsi dieci giorni quando accadde che, indebolito dallo stress e dagli stenti, fui colto da un virulento stato febbrile. Temevamo potesse trattarsi di una perniciosa forma epidemica. Erik, visibilmente preoccupato, stette al mio fianco senza interruzione cercando di adoperarsi in tutti i modi al fine di debellare la malattia. In quei drammatici istanti mi sembrava proprio che la sorte stessa si fosse dimenticata di me. Ma a smentita di ciò, nel giro di una settimana appena, Anders Nicanders fu finalmente in grado di urlare ancora una volta all'Universo tutta la volontà e la potenza della vigorosa sua Vita.

La Svezia era ormai vicina, ed il penetrante freddo scandinavo prese via via ad impossessarsi dei nostri corpi già esausti. Il solo rimedio che potemmo adottare contro di esso ci fu dato dal fortuito ritrovamento di alcune vecchie coperte buttate lì in un dimenticato cantuccio della stiva. La nave, intanto, aveva attraversato il canale della Manica, cosicché una mattina udimmo il tanto sospirato annuncio del nostromo circa l'avvistamento della terra: stavamo entrando nel porto di Stoccolma! Tale notizia rappresentò per noi un autentico sollievo poiché non avremmo potuto sopportare più neanche un'ora su quella tetra e gelida imbarcazione. Prendemmo allora alla svelta i nostri bagagli e, mescolandoci agli scaricatori che erano lì sopraggiunti, schizzammo letteralmente fuori da quel cigolante residuo del nostro passato che stentatamente ci aveva proiettati in una realtà decisamente "altra" e "nuova". Così come, del resto, avevamo in piena consapevolezza voluto e desiderato...

CAPITOLO VI

IL NOSTRO PERIODO A STOCCOLMA

La città apparve ai nostri occhi come un sontuoso spettacolo di ben raffinate ed eccelse beltà. Io ed Erik rimanemmo sinceramente conturbati dianzi alla grandiosità che emanavano le stupende, sfarzose ed immortali opere architettoniche di stampo medievale. Ci sembrava addirittura di essere i protagonisti di una splendida fiaba! E, invero, girammo in lungo e in largo per le vie di Stoccolma senza che ci rendessimo minimamente conto delle stringenti contingenze costituite dalle nostre più concrete ed impellenti necessità. Fu solo a sera ormai inoltrata, allorché la temperatura si fece ancor più rigida ed inclemente, che constatammo di essere totalmente sfiniti e di abbisognare quindi di un ritemprante asilo ristoratore. Ci indicarono una locanda a buon prezzo nei pressi della chiesa di S.Nicola, ove ci recammo immediatamente per concederci una lauta cena ed una saporita notte di sonno. In quel luogo saremmo rimasti alcuni giorni, giusto il tempo di trovare una sistemazione definitiva. Condizione questa che era a sua volta subordinata ad un'altra ben più importante, ovverosia il reperimento di un qualche lavoro. E per fortuna, in questa occasione, la sorte ci fu amica giacché ci indirizzò presso una cartiera dove stavano cercando degli operai.

L'industria era sita ai margini della città, contornata da giardini principeschi e da una straordinaria cornice paesaggistica prospiciente il lago Malar. Una volta introdottici nei suoi locali, fummo accolti con manifestazioni di rara gentilezza e ci fu subito comunicata la nostra pronta assunzione. Ebbe così inizio in modo inconfutabile una rinascente e prossima alba esistenziale!

La giornata lavorativa era praticamente piena, per cui uscivamo da lì solo la sera. Ciò ci indusse ad orientare la nostra scelta abitativa nei dintorni stessi della fabbrica, per evitare gravose perdite di tempo nei vari trasferimenti dal centro di Stoccolma sino in periferia e viceversa.

Trovammo allora una camera in affitto presso una famiglia di contadini. Si trattava, precisamente, dei coniugi Dalen i quali, privi di figli, ci accolsero con grande e assai garbato piacere. La casa, per giunta, era veramente deliziosa; tutta costruita in legno e tenuta in un ordine a dir poco perfetto. Questo sublime insieme di elementi favorì con maggior dovizia il completamento di un così meraviglioso quadro fiabesco. Lui, il signor August, era un uomo saggio e buono, ma anche la signora Ingrid possedeva analoghe virtù. Essi divennero per noi insomma, in un breve volgere di tempo quasi dei veri genitori. Nelle ore libere io ed Erik ci divertivamo moltissimo aiutandoli nella raccolta delle barbabietole, dell'avena, nella mietitura di orzo e frumento. Tra noi tutti venne ad instaurarsi un alto senso di stima e di collaborazione che avvalorò ancor più la sovrana naturalità di quei luoghi e di quei sentimenti.

Dopo circa un anno, la nostra vita aveva assunto la peculiarità ed i ritmi propri di una piacevole consuetudine, e di li a poco un evento di particolare rilievo e valenza avrebbe tributo qualitativo di morale accrescimento.

Era il mese di novembre quando una sera percorrendo il tragitto di ritorno verso casa dopo il lavoro, la nostra attenzione fu richiamata da una serie di struggenti guaiti provenienti da un indistinto gruppetto di cani poco più avanti. Erik, istantaneamente, accelerò il passo alla loro volta ed il suo aspetto mi si palesò all'improvviso come rivestito da una nuova luce d'effusivo ed umano bagliore. Non appena raggiuntolo, poi, fui colto dal sorprendente atteggiamento di toccante amorevolezza che egli manifestò nel prodigarsi in favore di quelle bestiole. E, infatti, la scena che si prospettò ai nostri occhi era tutta intrisa di commovente tenerezza e d'inconsulto candore. Vedemmo cioè tre cuccioli, di cui due oramai privi di vita, accanto alla loro madre tremolante e disperata poiché ferita; quindi impossibilitata a svolgere l'istintivo suo ruolo nei confronti dei figlioli. Erik allora subito la accarezzò, trasmettendole dolci segnali di rassicurante natura. Questo gesto provocò nella mia anima tutta una sequenza di viscerali vibrazioni interstiziali, le quali riversarono nel mio sanguigno limbo corporeo paralleli brividi d'equivalente turbamento. Ciò sollecitato anche da quel segreto ed intimo contatto meravigliosamente instauratosi tra i due, da cui scaturiva adesso una sorta di affettuoso dialogo. Ella lo guardò infatti con speranzosa attesa e riconoscenza, come se fosse indubbiamente conscia del fatto che quell'essere lì dianzi avrebbe potuto e voluto salvarli. Sapeva insomma, sin troppo bene, cosa esattamente aspettarsi da Erik; tant'è che tosto s'ebbe ad acquietare. Devo inoltre confessare che l'impatto avuto con una simile eloquentissima scena produsse lo strano eppur significativo effetto di catapultare l'intero strato mio mentale indietro nel tempo, protendendolo cioè in momenti ed ansiti del mio passato che trovavansi ancora intatti nell'interiore empito dell'entità mia remota fustigata. Rividi dunque la scolpita immagine della mia cara madre moribonda mentre, nonostante lo strazio del dolore e le esigue forze rimanenti, benevolmente a sè stringeva il cucciolo suo adorato. A questo punto lo sgomento impresso in quel passato accadimento inalteratamente or si traspose in tal risorto dramma del presente, su di esso incidendo impulsi ancora freschi e andati mai sopiti. E fu proprio in virtù di quei propensi ed incitanti slanci reattivi che le mie mani protesi verso quel cucciolo piangente onde profondergli tutto il calore della mia carnosa umanità. Il suo soffice corpicino allora s'accordò ben presto, con simpatia ed armonioso flusso, al protettivo rifugio delle mie braccia. Di conseguenza, mirabilmente partecipe divenni dei flebilissimi palpiti del suo cuore, nonché dell'eco tiepido e silenzioso di ogni suo respiro. Mi fu cosa possibile percepire in misura totalmente compiuta e sostanziale la suprema univocità e la grandezza proprie del Creato!

Dopo un pò decidemmo di prelevare tutte le bestiole per condurle a casa nostra, ove avremmo provveduto a curare i superstiti (madre e figlio) e a seppellire invece i poveri sfortunati sopraffatti dal gelo. I signori Dalen accolsero con usuale cordialità i nuovi arrivati cui scelsero anche un nome, cioè: Kabi per la cagna e Far per il piccolo. Ora altri due membri si erano aggiunti alla famiglia!

Kabi guarì assai rapidamente da quella ferita, certamente aiutata dalle molteplici nostre premure ed attenzioni, mentre Far diveniva ogni giorno più vispo e birichino. Notai che simile contatto con loro suscitava in me del tutto nuove riflessioni e sensazioni. A paradigma di ciò vi era, tuttavia l'illuminante esempio di Erik, il quale manifestava nei loro confronti una sorta di mutua solidarietà e di sotteso accordo comunicante. In verità, osservandoli, mi rendevo conto della sottile differenza che i due cani riservavano nei rispettivi comportamenti espressivi instaurati tra loro e ciascuno di noi. Pertanto erano dolci ed affettuosi con la signora Ingrid; sereni e soddisfatti col di lei marito, August; con me alquanto cauti e compassati, e con Erik, invece, essi erano particolarmente fraterni e affini. Non riuscivo a trovare una valida spiegazione a siffatta misteriosa evidenza, per cui i miei pensieri presero ad incamminarsi con sempre più accesa determinazione lungo quell'ignoto sentiero a cui si riferiva il complesso ed insondato rapporto "uomo-animale". Avvertivo che questo era un ambito cognitivo e spirituale solitamente lasciato abbandonato (al di fuori cioè della benché minima valutazione); tanto da trascurarlo pericolosamente e rendere così monca ogni umana natura e realtà. Poi, mano a mano, giunsi a comprendere che la chiave risolutrice di tale oscuro enigma si trovava celata in un anomalo vizio degenerante da tempo inculcato alla nostra mente da parte di errati insegnamenti di ordine etico, culturale e religioso, che hanno collocato l'uomo al vertice di una farraginosa quanto ipotetica scala degli esseri; posizione, questa, al di sotto della quale è ben difficoltoso sopravvivere proprio a causa della estrema iniquità e crudeltà dei presupposti in sè vigenti. Ed allora è chiaro come sia possibile la nascita di idee false e deleterie, di preconcetti subdoli e intolleranti, di funeste ancorché aberranti opinioni e convinzioni. Dunque era altrettanto ovvio ch'io fossi ormai pervenuto giusto al punto in cui necessitava rimuovere simili ostacoli ottenebranti per l'evoluzione stessa dell'intera mia persona, per poter conseguentemente procedere in quel mio complicato ed arduo sviluppo esistenziale. Sicché ridiscesi i gradini della secolare umana presunzione in cima alla quale ancora in parte sostavo, gradualmente finendo con il pormi in una specie di biologica sintonia permeata di umiltà - con i viventi tutti del Creato. Adesso riuscivo a "sentire" la mia vita esattamente al pari di quella di Far, di Kabi, o di qualunque altro essere miracolosamente sbocciato sul comune nostro pianeta; ciascuno come identica ed integrante particella della suprema sintesi d'Universo in cui similmente va a rispecchiarsi Parallelamente, una più estesa visione percettiva dischiuse le concettuali mie diramazioni verso il conseguimento di ben mature acquisizioni attinenti la sfera dell'atavica miriade di umane perversioni. Capii, in sostanza, che sino a quando persistevano nel nostro sistema ideale gli attuali schemi discriminatori (in base ai quali soltanto chi ci è vicino e simile è degno di rispetto), allora giammai potrà sussistere una verace uniformità d'intenti e trattamenti nemmeno nei riguardi di noi uomini. Ecco spiegato, quindi, lo schiavismo; un fenomeno che molti tristi aspetti senz'altro condivide con quello del vile atteggiamento da noi ottusamente consumato ai danni di tutti gli altri animali. Questi ultimi, come i neri, parimenti deboli ed indifesi.

Non a caso ho usato l'inusitato termine "altri animali"! Seguendo infatti il neutro filo della logica addivenni ad una teoria eccezionalmente clamorosa e sconvolgente, vertente sulla altrettanto stupefacente considerazione secondo cui quella degli uomini altro non è che una specie tra la specie. Ciò, a sua volta, stava a significare che anche noi siamo degli animali! Non potetti fare a meno di convincermene con vigorosa asserzione, nonostante l'intellettuale isolamento insito in una intuizione tanto innovatrice e sovversiva o, più semplicemente, eretica.

Più il tempo passava e più avevo modo di convalidare la mia precedente decisione di abbandonare l'America per raggiungere Stoccolma. Qui, difatti, trovavo un ambiente magistralmente idoneo e credo che in nessun altro luogo al mondo avrei potuto star meglio. Era come se la terra dei miei avi avesse perentoriamente invocato e reclamato l'ossequioso mio tributo; atto questo che il mio ritorno ad essa aveva doverosamente onorato e per il quale, dunque, venivo adesso splendidamente ricompensato.

Una mattina fece la sua comparsa in fabbrica un personaggio che avrebbe assunto in seguito un'importanza davvero rilevante sia per me che per Erik. Si trattava di un ragazzo dall'aspetto assai modesto e dallo sguardo timido e introverso, cui era stata concessa una settimana di prova nel nostro stesso reparto di lavorazione e con il quale venimmo subito a conoscenza. Il suo carattere era piuttosto schivo e riservato, ma appunto per questo tradiva una certa fragilità emotiva frammista alla presenza di un palmare senso di paura verso una dimensione completamente sconosciuta e aliena. Si chiamava Olle Strindberg, di 22 anni, e proveniva da un piccolo paese disperso tra i monti a nord della Svezia. I suoi genitori ormai anziani necessitavano di un contributo economico per fronteggiare il carico di una vita divenuta ben più onerosa, ed al quale non erano in grado di provvedere in modo autonomo. Ciò commosse i nostri animi, essendo essi a conoscenza del significato più intimo e profondo degli stenti e patimenti. Cercammo allora di aiutarlo in tutti i modi possibili, riuscendo infine ad aprire il suo cuore sull'onda di una fiducia assai rara che si trasformò quanto prima in amicizia. Olle era buono e gentile, privo della benché minima traccia di egoistiche matrici o di maligni tratti. Ci teneva molto a quel posto, per cui fu immensamente felice allorché, trascorsa una settimana, gli fu comunicata la sua definitiva assunzione. Io ed Erik ovviamente, esultammo di grande gioia insieme a lui e alla fine decidemmo di festeggiare alla grande tale importante avvenimento. C'era un locale, a Stoccolma, rinomato per il lusso e la raffinatezza dei suoi addobbi ed arredi e la cui clientela era costituita dal fior fiore della società. Bene, quella doveva essere una serata davvero speciale.. di conseguenza è proprio lì che ci saremmo recati! Detto fatto, al calar della sera scendemmo in città tutti bardati dei nostri abiti migliori, lucidati e profumati fino all'inverosimile, nonché scintillanti in un radioso aspetto ben adeguato a quell'insolita, surreale circostanza. Appena entrati in quel luogo fummo sublimamente catturati da un fascino soffuso, ma al contempo suggestivo, emanato dal rosso velluto di sfarzosi drappi e poltrone, come pure dall'aureo riverbero di artistiche decorazioni magicamente ricamate sopra candide mura ed ovattati lumi. Dopo qualche istante di smarrito stupore ci accomodammo ad un tavolo riccamente imbandito, iniziando così a godere il sapore di quella gustosa e succulenta avventura che con eccitata attesa or s'apprestava.

Purtroppo, però, anche un incantesimo come questo è tragicamente suscettibile di brusche interruzioni che rischiano di travolgerne ogni purezza e lucentezza sino a spezzarlo. Accadde infatti qualcosa che ci sorprese in modo spiacevole, proprio nel mentre ci accingevamo ad assaggiare una delle prelibate pietanze di cui quel dovizioso menù era così mirabilmente gonfio e traboccante.

Fece il suo ingresso nel locale Ernst Nilson, figlio del proprietario della cartiera presso cui lavoravamo, in compagnia di un'affettata ragazza assai vistosa dall'aria superiore ed altezzosa. Egli, soventemente arrogante e baldanzoso, presentava quella sera una veste trapunta con più marcata boria e sufficienza. Era inviso a tutti gli operai della fabbrica a causa, appunto, del suo atteggiamento protervo ed irritante, a differenza del padre il quale era persona degna e umana sempre pronta a dare ed a comprendere. I due, ossia Ernst e la sua donna, si fecero a noi dappresso mentre lui ci lanciò uno sguardo colmo di stizza e disappunto giacché terribilmente contrariato per aver trovato degli l'umili come noi in un posto ch'era invece riservato a "gente eletta" come lui. Il suo volto si tinse allora d'incollerita rabbia e le parole che uscirono dalla velenosa sua bocca furono come degli incandescenti rivoli di lava furiosamente vomitati da un vulcano in fase di piena ed infuocata eruzione. Ci insultò quindi con veemente tono, dando così libero sfogo a tutto quel male da cui era afflitto il suo gretto spirito. La virulenza di tale suo livore ci paralizzò inizialmente, ma dopo un pò ebbi l'impulso di pararmi con silenzioso impeto a lui dianzi. Fui come improvvisamente spinto da un'autorevole forza talmente potente e viva da caricare l'essere mio con energica propulsione quasi esplosiva sprigionantesi dai più remoti angoli di me stesso. Non riesco ancora a trovare una valida spiegazione di quanto successo ma, dopo aver puntato sino in fondo alla sperduta e inaridita terra dal suo animo quegli occhi miei taglienti come lame, subito giunse a placarsi. Stette pertanto in uno stato di concitata confusione per l'interminabile e immoto spazio di alcuni attimi, sgomento e sbigottito; dopodiché afferrò la donna per un braccio, trascinandola con se fuori dal locale. Da quel giorno, tuttavia, egli ebbe l'accortezza di stabilire nei nostri confronti un comportamento decisamente cauto e prudente. Non si rivolse più a noi con asprezza e presunzione, bensì tentava in ogni occasione di evitarci e già questo era segno di maggior riguardo e considerazione. Oh, certo, probabilmente tale mutata sua disposizione era più che altro dettata da una sorta di malcelato ancorché vile timore e di prostrante vergogna.   Ciò nonostante non provai mai verso di lui alcun senso di compatimento o d'indulgenza per il fatto che adesso egli sicuramente soffriva, anche se giammai avrebbe avuto quel pò di saggezza necessaria per poterlo realmente riconoscere e confessare sia pure a se medesimo.

Il mio corso esistenziale proseguiva frattanto alacremente spinto da un'autorevole forza talmente potente e viva da caricare l'essere mio con un'energica propulsione quasi esplose sia in senso fisico che mentale. Notavo, con lievitato vigore e consapevolezza, che le mie intuizioni erano fortemente alimentate dal favorevole clima affettivo regnante in casa Dalen. L'amicizia e l'amore che nutrivo, mi aiutavano decisamente a comprendere le verità cardinali della vita. L'affetto, dunque, doveva sicuramente avere grosse relazioni col sapere! Una sera, a cena, mentre mangiavo una mela mi sorpresi a riflettere in maniera stranamente inedita sul vero gusto che provavo nell'assaporare quel frutto. Conseguentemente addivenni all'elaborazione del concetto in base al quale il sapere conduce alla conoscenza, la conoscenza crea poi un modello comportamentale che, messo in azione, favorisce il mantenimento della vita. Da qui, inoltre, fu assai facile intuire che... sapere è vita!

Ma l'affetto cos'è allora se non il piacevole sapore di un congiunto, di un amico, dell'esistenza stessa? E' proprio assaporando un frutto che ne si coglie l'intima sostanzialità, il valore, la qualità più profonda e genuina... Ergo, anche il provare sentimenti è equiparabile, appunto al godimento della vita. In altre parole, è come dire che il sapere indirizza all'esistenza e l'affetto consente di gustarne successivamente il sapore.

Sensazionale..! Tali prolifiche riflessioni rappresentavano per l'annuvolato cielo delle configurazioni mie cerebrali come ampie ed inattese schiarite apportatrici di celestiali bagliori, infondendomi così tanta gioia. Ogni ulteriore acquisizione cognitiva, insomma, concorreva a districare l'ingarbugliato filo di quella complessa matassa che è il sapere, mentre io guardavo l'Universo da un'angolazione via via più alta ed estensiva diramata dai pietrosi vertici della Grande Piramide.

Posso proprio dire che per tutti noi era assai piacevole vivere; implicazione questa comportante senza dubbio uno scopo tanto sublime e sommo: essere uomini! Laddove, cioè, un siffatto costrutto ideologico stava semplicemente ad indicare quel supremo obbligo morale che ciascun uomo impegna nell'edificante ricerca esplicativa di positive essenze e qualità. La piena realizzazione ed il globale compimento di sé erano, insomma, le vie maestre da seguire per raggiungere migliorativi esiti avvaloranti.

Ciò che ci differenziava dalla massa però non era il mero "intelletto" bensì una buona e sana volontà riparatrice volta all'ottimale ritrovamento di un ben armonico stato di benessere per tutta quanta l'entità esistenziale che ogni individuo in essere inesorabilmente incarna. Già... la volontà! Ero convinto, a tal proposito, che essa giochi un ruolo notevolmente importante e preciso ai fini del perseguimento di eccelse vette di umana valenza e facoltà. Restava, a questo punto, da approfondire soltanto l'analisi afferente il reale nesso dinamico che tra esse raccorda volontà, ragione e istinto. Ma anche in questo caso non potevo far altro che confidare nel saggio e illuminante apporto dell'evolutivo processo mio mentale, nonché dell'amichevole opera condotta dall'incessante flusso temporale...!

Venne così l'anno 1798, e la nostra famiglia si rivelava sempre più unita e amalgamata. Il lavoro procedeva veramente bene, dandoci dunque la possibilità di formare una confortante e stabile posizione economica. Io, Erik ed Olle ci recavamo ogni mattina in fabbrica mentre i signori Dalen rimanevano tranquillamente a casa ad accudire i campi, giovandosi al contempo della preziosa compagnia di Kabi e Far. Quando poi rimaneva del tempo libero, specie nelle giornate festive, si andava tutti insieme a passeggio per Stoccolma. Fu proprio in una di queste occasioni che, osservando i negozi della città, fui preso dall'impulsivo quanto incontenibile desiderio di venire nuovamente in possesso di una magnifica pianola con la quale dar sfogo alle mie indimenticate esigenze musicali. Strano a dirsi, ma non appena ebbi estrinsecato alla mia coscienza un simile intento ecco che il mio sguardo fu tosto catturato da un ammiccante strumento tutto lucido ed intagliato che dava bella mostra di sè all'interno dei sontuosi tramezzi di una vetrina. Qualche giorno dopo tornai dunque in quel negozio e procedetti all'acquisto dell'ambita pianola. Ciò mi inondò di radiosa soddisfazione poiché potevo finalmente suonare melodie e brani del passato che avevano incisivamente sostenuto la mia adolescenza. La musica, infatti, era per me il linguaggio più profondo e autentico del mio animo indistinto, laddove confluiva per poi suono far divenire ogni dirompente mia emozione.

Un giorno fui protagonista di un fatto alquanto strano e inaspettato, che si configurò successivamente come apportatore di sconvolgenti novità di vita. Ero tutto intento ad eseguire un'aria testé composta quando bussò alla porta un signore che non avevo mai visto in zona, la cui presenza mi sorprese perciò enormemente. Disse subito di aver ascoltato tale esecuzione musicale mentre passeggiava nei pressi della mia casa, la cui finestra aperta aveva permesso a quelle corpose note di propagarsi e diffondersi nell'ambiente. Aggiunse che era rimasto affascinato dal suadente empito armonico della mia creazione, invitandomi così ad esibirmi nella sua villa ove avrebbe tenuto una festa di gran gala tra una settimana esatta. Pensai di trovarmi dinanzi ad una persona appartenente all'alta società, se non addirittura alla sofisticata casta di quella affettata ancorché vezzosa escrescenza umana che è l'aristocrazia. Il suo aspetto, invero, tanto accurato ed impeccabile, a guisa della lussuosa sua eleganza, lasciava facilmente intuire l'origine di una simile matrice ed estrazione. Ciò nonostante aderii a tale sua richiesta, anche perché a sorreggerla vi era l'allettante proposta di un consistente e lauto compenso. Mi lasciò poi il suo indirizzo e, sempre con fare garbato e ben compito, si congedò da me con un sorriso. Incredibile...ara forse l'unico parassita umano dal volto simpatico e un pò gioviale!

A questo punto era opportuno ch'io mi preparassi al meglio, ragion per cui presi ad esercitarmi senza sosta dopo aver elaborato un preciso programma dei brani da eseguire. Erik ed Olle seguivano attentamente ogni istante di tale eccitante vicenda, essendo altresì ansiosi di partecipare a quella festa.

Il giorno stabilito, comunque, giunse molto più rapidamente di quanto immaginassimo, e respirammo ben presto un'atmosfera alquanto inebriante e surreale sin dal momento in cui uscimmo quasi precipitosamente di casa per recarci nel luogo indicato. Ma una volta a destinazione crebbe ancor più quella fantasmagorica situazione di estatico rapimento che aveva avvolto ogni nostra sfera d'essere, allorché comparve davanti ai nostri occhi la sfarzosa visione di una villa sontuosamente ornata e strutturata- Il suo interno, naturalmente, ritraeva con minuziosa cura la meravigliosa raffinatezza della sua facciata esterna.

I proprietari ci accolsero in maniera veramente cordiale, conducendoci poi in un immenso salone al cui centro spiccava l'immagine di una tavola doviziosamente imbandita e colma delle più prelibate e succulenti pietanze.

CAPITOLO VII

LA FESTA DELLA ROVINA

Di lì a poco cominciarono a giungere gli invitati, i quali subito permearono l'aria circostante con il loro gaudente volto e con le risa incredibilmente vuote e fragorose. Erano, praticamente, le ombre e gli echi di sè stessi. Inoltre, non appena accortisi della nostra presenza, presero a lanciarci occhiate di malcelato stupore frammisto ad una sorta di pungente curiosità. Fortunatamente però, ad un certo punto, ci fu il provvidenziale intervento del padrone di casa il quale annunciò l'inizio della cena. Ciò valse finalmente a distogliere la fastidiosa attenzione che i convitati lì affluiti concentravano quasi morbosamente sulle nostre modeste persone, in quanto si generò nell'immediato un concitato "scompiglio da banchetto". Una volta messici a tavola, poi, mi capitò di scorgere, tra tutti quei volti plastici e inespressivi, la figura di una donna che avevo avuto occasione di incontrare in precedenza. Mi sforzai dunque di ricordare dove e quando ciò fosse accaduto, ma bastò semplicemente soffermarmi appena sul suo sguardo talmente freddo e un pò sprezzante perché capissi che avevo già visto quella donna in compagnia di Ernst Nilson nel più lussuoso locale di Stoccolma. Feci allora notare tale singolare circostanza anche ai miei amici, che non poterono fare a meno di commentare la cosa con delle ironiche battute e maliziosi sorrisi. Terminata la cena fummo successivamente condotti in un'altra sala, ove si procedette a dar vita alla parte forse più attesa della serata. Mi si pregò, infatti, di prendere posto al pianoforte per poter così dare inizio alle danze. Il primo pezzo che eseguii fu un brano assai soave e dolce di mia composizione. La sua melodica attrazione avviluppò attorno e dentro di sé l'ancor più meravigliato afflato dei presenti, inondandoli di sensazioni e di stimoli irrefrenabili. Un luminoso e caldo amalgama emotivo giunse frattanto a carezzare la sensibilità di quella gente, ed a pompare sin dentro i loro muscoli cardiaci una leggiadra essenza densa di coinvolgenti ritmi e spirituali suoni. Fu, insomma, un delizioso e continuo sorseggio di mistiche tonalità le quali tosto trascesero ogni rappresentazione di terrena realtà per divenire infine lo speculare emblema di superiori mete evolutive. Io venni, come al solito, letteralmente assorbito dalle interstiziali pieghe di quel pianoforte sino a fondermi in esso ed alle note che dallo stesso emanavansi. Fui cioè la mia musica, che traversava con pervadente respiro e palpito ogni cosa lì esistente. Ciò durò l'illimitato spazio di un secondo, di un secolo o addirittura dell'eternità intera, poiché vigeva una dimensione magicamente astratta e vaporosa posta al di fuori dei confini del tempo. Alla fine, allorché conclusi la mia esibizione, fui accolto da frastornanti manifestazioni di vivo apprezzamento; evidenza questa che mi lusingava immensamente. Ma gli inesorabili artigli della sorte, comunque, già stavano tessendo l'inopinata tela tra le cui maglie avrei finito ben presto per scivolare e perdermi: una tale di nome Greta! Già, era questo il nome della donna che avevo prima riconosciuto, identificandola come la superba accompagnatrice di Ernest Hilson. E fu proprio lei ad avvicinarsi a me con fare improvvisamente affabile e gentile, condito tuttavia da una cospicua punta di sommesso timore. Sicché pensai che il fatto era da attribuirsi certamente al nostro passato, nonché fugace, scontro. Quale impressione aveva ora di me? Perché, inoltre, si comportava in quel modo tanto indecifrabile e strano? Osservandola con maggiore calma ed attenzione notai che era veramente molto bella e affascinante! Le rivolsi allora un invitante sorriso, grazie al quale poté cessare quel suo imbarazzato stato di soggezione nei miei confronti. Esordì dunque esprimendomi il suo più sentito compiacimento, dopodiché fu capace di intavolare una simpatica conversazione. Seppe guidarmi con delicatezza estrema verso una conoscenza più intima e profonda della sua persona e della sua vita, chiedendomi anche scusa per l'incidente avvenuto quella famosa sera al locale. Ad un tratto, secondando quasi il misterioso imperio d'un incantesimo, interruppe l'ormai superflua comunicazione verbale. Così ci guardammo intensamente e poi, come sospinti da poderosi impulsi precipitanti, congiungemmo le nostre bramose labbra. Era tutto stupendamente emozionante! L'incredibile, però fu il sorgere di un'altra lieta sorpresa a conclusione di quella magnifica serata... Si trattò di una proposta veramente eccezionale ed allettante avanzata dal proprietario della casa, il quale risultò addirittura essere il direttore artistico del teatro di Stoccolma. Mi disse, esattamente, che avevo un notevole talento musicale e che avrei fatto bene a coltivarne estro e perfezione per meglio elevare tale mia qualità a più solenni livelli e meritorie altezze... Credetti di sognare; immaginai subito di trovarmi su di un bel palcoscenico intento ad eseguire magistrali concerti con cui poter finalmente trasmettere all'intero creato il mio supremo amore per la musica, assieme a tutta quanta la mia anima! Gli risposi dunque in maniera assai entusiasta, offrendogli immediatamente la mia più piena adesione. Egli allora fu molto contento e stabilì seduta stante i giorni di lezione, compatibilmente con quello che era il mio impegno di lavoro alla cartiera. Si chiamava Gustaf, come mio padre, ed era uno dei più noti e rinomati insegnanti di musica della città. Rimasi quasi frastornato in seguito a tale indicibile esperienza, e ciò soprattutto per via delle due sconvolgenti novità che si accingevano a mutare radicalmente la mia vita. La prima di esse, ossia Greta, andò trasformandosi in una realtà via via influente e determinante, che afferrò finanche le mie viscere sino a farmi contorcere in uno stato d'impetuosa passione. Cominciammo a vederci sempre più frequentemente e cosi, dopo aver terminato il mio turno in fabbrica, facevamo delle lunghe passeggiate nel giardino adiacente al lago; luogo questo che divenne ben preso il nostro piccolo ma rifrangente angolo di paradiso. Un panorama teneramente idilliaco al cui interno potevamo liberamente specchiarci con solo i nostri cuori, senza bisogno di pronunciare parole. Assorbivamo, insomma, il silenzio; un silenzio sublime ed assoluto ch'era però denso di una rigogliosa moltitudine di significati.

Rimarchevoli furono pertanto le modificazioni che dovette subire ogni configurazione mia esistenziale. Mi scoprii essere oggetto di una strana metamorfosi la quale interessava perfino le fondamentali radici di me stesso così come stava del resto a dimostrare la contrazione del tempo dedicato alla riflessione sulle leggi e verità. Adesso, infatti, mi accadeva di "capire" non più teorizzando, bensì vivendo; mi abbandonavo cioè agli eventi senza più pormi domande, senza più chiedermi nulla! Era come se la mia mente stesse addormentandosi, gradualmente cadendo in una oscura voragine improvvisamente apertasi agli estremi margini della lontana mia coscienza. Cosa mi stava succedendo? Quando stavo con lei io vivevo in un'atmosfera di pace quasi ovattata, magica, eterea, ma quando tornavo a casa e mi mettevo a letto venivo inesorabilmente dilaniato dai feroci artigli della logica. Una vera e propria crisi dovuta all'immane contrasto tra cuore e ragione! Non riuscivo insomma a capire quali specifici motivi fossero alla base di quell'oscuro impedimento che, all'improvviso, non mi consentiva più di ravvisare tra questi due elementi alcuna connessione di sinergica valenza. Perché? Ecco che ricomparivano le domande, che si sollevavano inquieti dei nuovi e ruspanti "perché". Ero frattanto dedito allo studio musicale sotto la preziosa guida del maestro Gustaf. Di tanto in tanto egli, suffragato da un'espressione gioiosamente calda, mi diceva: "Bravo, ragazzo... Stai facendo notevoli progressi!". Greta e la musica divennero ben presto l'interposta rappresentazione l'una dell'altra, due entità oramai inscindibili e perfettamente combacianti. Le amavo entrambe perdutamente, e parimenti entrambe mi donavano un'indescrivibile sensazione di soave piacere a appagamento. Una nota, quindi, corrispondeva ad un bacio, e viceversa: un incantevole momento di sospensione nel cosmico grembo dell'Infinito. Tuttavia, risultava quanto mai inspiegabile (all'interno di tale complesso quadro di fattori e di evidenze) l'anomala presenza di alcune realtà da me precedentemente aborrite con tutta la combattiva mia volizione. Una di esse, ad esempio, è la bellezza! Tale situazione mi proiettava allora in uno stato di dicotomica pregnanza, catapultando così pensieri ed azioni nel più prostrante abisso esistenziale. Di conseguenza, era come se da un lato la amassi e dall'altro la odiassi immensamente. Cosa provavo veramente per Greta?

C'era poi un altro grande problema: tra me ed i miei amici stava purtroppo incrinandosi quell'antico nostro rapporto sì lungamente lodato e cementato. Questa mia sopraggiunta forma di accecamento, difatti, danneggiava fortemente il sentimento di amicizia. Per Olle ed Erik, in sostanza, quel mio stato psichico e spirituale equivaleva ad una morte lenta. Ero arrivato al punto in cui non sopportavo più che si parlasse di lei in termini negativi, ed ogni volta che ciò si verificava accadeva che io prendessi sistematicamente le sue difese. Ciò anche quando non lo meritava affatto... Sicché la mia mente s'agitava in un turbinoso oceano di squallida insipienza. Il loro sguardo, pertanto, mi struggeva; somigliava molto a quello che una madre preoccupata rivolge al proprio figlio che sta sbagliando.

La mia posizione era direttamente comparabile a quella di colui che, per questioni di pura follia verso chi ama e verso la medesima sua coscienza, è disposto persino ad uccidere. E più lo fa e più egli va a calarsi in una insulsa voragine colma soltanto di fango, da cui è ben difficile uscire. Calpestare chi si ama per calpestare se stessi. Appare, insomma, come il voler atrocemente flagellare le proprie membra gettandosi addosso dell'acido corrosivo... Situazione questa in cui il dolore finisce poi con l'assumere la più ambigua sembianza di un perverso piacere!

Riflettendo adesso su questi oscuri accadimenti, senz'altro dire che è giusto a quel periodo che risale il mio vero e tangibile incontro con il "male". Il suo insidioso potere si era infatti disposto in maniera tale da erigere sulla mia vita una sottilissima rete di fumose mistificazioni, che l'animo mio ingabbiò in un contorto dedalo d'erronei nessi e d'infingarde illusioni. La mia mente, benché talvolta consapevole di tale deleterio scadimento, sembrava completamente inetta, ossia incapace di predisporre alcuna valida reazione di contrastante difesa e di dinamica opposizione.

Il dubbio e l'incanto mi avevano teso un poderoso cappio intorno al collo, per cui succedeva che più mi muovevo e più esso si stringeva. Qualcosa di estremamente malvagio ed ossessivo voleva, insomma, distruggere ogni orbita mia di pace e d'equilibrio per mezzo di quella subdola esca appercettiva che è l'inganno. Già, l'inganno ... Una spessa lente deformante in cui riflettesi il falso per il vero, la fantasia per la realtà, il male per il bene! A pensarci ora mi sembra addirittura inspiegabile ed inconcepibile tale mia inconsulta discesa nei cavernosi anfratti dell'inferno. So bene, d'altronde, di non poter addurre alcuna plausibile ragione o giustificazione in merito ad una simile devastazione dell'animo mio estirpato, sebbene ancora adesso io covi nell'intimo del mio cuore tutto il dolore che ciò ha inevitabilmente prodotto e causato. Mi trovavo così dinanzi all'eterno mio nemico, cioè il male, nei cui confronti rimanevo però colpevolmente inerte e privo d'ogni minimo rigore emotivo. Ero praticamente come rattrappito, imprigionato in una morsa di raggelante elusione. Quell'atroce entità che aveva ferocemente ucciso i miei genitori e che d'inenarrabili sofferenze il mio cammino avea cosparso, stava tranquillamente ad osservarmi, perfida e orripilante, con gli occhi suoi beffardi e pregni di squassanti vaghezze. Avrei dovuto prontamente ergermi contro di essa senza null'altro attendere o paventare, avvalendomi anzi d'ogni collaudata mia destrezza e convinzione per osteggiare la bieca sua potenza e la pertinace carica dell'impeto suo tirannico. Ma non mi muovevo..! Ed essa lentamente andava trasformando l'ideale connotazione mia di vita (i cui distinti cardini altri non erano che i supremi valori morali faticosamente attinti dall'ostentato e ancor penoso peregrinare del tempo), mediante sostituzioni alquanto fallaci e seducenti. Fu dunque una mutazione assai morbida e ben guidata, che spazzò via l'intrinseca sostanzialità dell'esistenza sino ad allora in vigore per aprire invece il varco ad un'estrinseca parvenza di fittizie forme, in sè contraria. Ecco perché avevo sempre odiato l'estetica, la bellezza... E' certamente facile per il male nascondersi in essa! Tuttavia, avendo una quasi esatta cognizione del mio stato di asfittica staticità, promisi a me stesso che se fossi riuscito a trarmi fuori da quella trappola avrei proseguito il mio lavoro di conoscenza della Verità. E ciò anche a costo della mia vita.

Ero intanto divenuto un ottimo musicista, e giunse così anche il momento del mio esordio in pubblico. Tale sospirato evento era previsto per il 10 aprile 1805 (proprio nel giorno del mio 35° compleanno), data in cui avrei debuttato al Teatro dell'Opera di Stoccolma con un concerto in pianoforte.

Ero cmozionatissimo, ma al contempo assai eccitato. Il momento, poi, fu ancora più magico e suggestivo di quanto avessi potuto immaginare. Ricordo perfettamente lo strano effetto che mi suscitò il vedere la gente che accedeva all'interno del teatro, che prendeva tranquillamente posto e che si poneva in serafica attesa dell'esibizione di quello sconosciuto musicista rispondente al nome di Anders Nicanders. Mi sembrava a dir poco strabiliante! In prima fila scorsi i volti (alquanto tesi) del maestro Gustaf, di Greta, di Erik ed Olle, dei signori Dalen, e quelli un pò austeri del direttore del teatro e della sua signora. Qualcuno, mentre mi trovavo ancora in camerino, mi riferì che erano altresì presenti dei noti critici musicali, nonché giornalisti e personaggi del mondo politico e culturale. Insomma, quella serata rappresentava per me una grande ed irripetibile occasione. Non appena feci il mio ingresso in palcoscenico, quindi risposi all'incoraggiante applauso di accoglimento rivoltomi con uno sguardo espanso e vivido che penetrò in ogni persona lì presente, in ogni soffuso palpito e coinvolgente respiro.

Presi istantaneamente possesso delle loro corpose individualità, calandomi fin dentro le sotterranee vibrazioni dei loro animi, sì da permearli di me e con me in modo quasi sensuale o erotico. Ed essi mi appartennero totalmente, subordinati com'erano alla volitiva mia irruenza e ancor morbosa passione. Seguì allora il silenzio... un silenzio assoluto e pervadente, intriso soltanto di soggiogate e miti acquiescenze. Iniziai a suonare. Le mie mani e la mia mente, unite presero a scivolar flessuosi sull'avvenente tastiera del pianoforte. Dal mio cuore, infine, si sprigionava una forza particolarmente impetuosa, elettrizzante che conferiva allo spirito mio elevato pieno dominio di tutte le realtà lì esistenti.

Mi librai, insieme alle mie note nell'aria sovrastante e nel cosmo. Annullai la precaria, effimera mia identità nella sublime ecumenicità della musica ch'or esprimevo, fondendomi e plasmandomi in essa con primigenio amore. In alto fulgeva la somma melodia del Creato in quel riverberante angolo d'Infinito! Al termine dell'esecuzione ebbi modo di verificare lo straordinario indice di gradimento che il mio primo concerto aveva riscosso presso il pubblico. Quasi stentavo a credere che tutte quelle ovazioni fossero rivolte a ms. Non è possibile spiegare con dei banalissimi vocaboli interpretativi cosa provai esattamente. Sono però certo di poter parlare di "felicità".

Tale esordio, comunque, fu inatteso portatore di sconvolgenti novità nella mia vita. Dopo qualche giorno, infatti, venni contattato da un famoso impresario tedesco il quale mi propose un vantaggioso contratto per una serie di concerti da tenere in vari paesi del mondo a partire da Parigi. Mi offri, in altri termini, un sontuoso vassoio colmo di sfavillante successo e ricchezza, che io accettai senza indugio alcuno. Ero ormai divenuto un uomo celebre! La qual cosa, ovviamente, costituì per Greta massimo motivo di piacere e di orgoglio. Ella si avvicinò dunque ancora più strettamente a me, solidificando con maggiore tenacia ed attenzione il nostro legame sentimentale. Forse, inconsciamente sapevo cosa nascondeva quella donna dalle apparenze così pure ed innocenti, ma non volevo appurarlo. Anzi, facevo di tutto al fine di evitarlo poiché temevo di perderla. Temevo, cioè, di perdere una irrinunciabile, stupenda illusione! Man mano che si approssimava il fatale momento della partenza, cresceva in me un fastidioso senso di imbarazzo per il difficile "congedo" che avrei dovuto ineluttabilmente compiere verso i signori Dalen ed i miei amici Olle, Erik, Kabi e Far. Questa terribile incombenza dei saluti finali pendeva sulla mia coscienza come una spada di Damocle; la mia vigliaccheria arrivava quindi a tal punto infame! Cosa avrei dovuto dir loro? Tanto più che quel viaggio rappresentava per me, molto probabilmente, una vera opportunità di successo e di denaro. Stavo insomma dicendo addio, oltre che agli esseri più cari, anche a qualcosa di più astratto e trascendente ch'io definisco "Dio". Ecco perché mi apprestavo a fuggire da quel luogo e da quelle creature con una valigia tutta riboccante d'un disgustoso e meschino rimorso. Mi sentivo ahimè, dannatamente artefatto e innaturale, ma come paralizzato dal micidiale effetto di un potentissimo veleno. Ciò nonostante era in atto, sul nudo suolo della mia anima, una silenziosa quanto selvaggia lotta perturbante tra bene e male, assoluto e non assoluto, legge e trasgressione, amore ed odio. Il giorno della partenza mi svegliai tutto sudato e sconvolto a seguito di una nottata trascorsa con tormentosi presagi, incubi atroci e spasmodici arrovellamenti. Poi iniziai a prepararmi e a sistemare i bagagli. Fu proprio in quel mentre che mi raggiunsero in camera Erik ed Olle, con aria vagamente frastornata. Fissarono per qualche interminabile istante il loro immoto e penetrante sguardo su di me, quasi tagliando quella che era la sanguigna configurazione di me in variegate e doloranti sezioni ch'io stesso ora spargevo nel circonfuso spazio della mia vita. Ad un certo punto Erik si fece avanti per scaraventare contro l'assurdo baratro del mio distacco alcune pur pacate parole da cui rimasi, comunque, immensamente colpito. Egli mi disse esattamente: "Immaginiamo che Tu debba sentirti alquanto imbarazzato nel salutarci, abbiamo pensato, allora, di venire qui a toglierti questo gravoso incomodo!". Dopodiché mi abbracciarono tristemente ed uscirono dalla stanza. I signori Dalen, invece, non pronunciarono alcuna parola; si limitarono semplicemente ad osservare il mio disagio e ad accomiatarsi frettolosamente come sospinti dall'onda funesta di una quanto mai bruciante afflizione. Non potevo più resistere in quella casa... Ebbi infatti netta l'impressione d'esser divenuto ormai un corpo completamente estraneo! Ma mentre raggiungevo l'abitazione di Greta mi accorsi, con un certo rammarico, che qualcuno non aveva voluto neppure concedermi l'onore dei saluti: Kabi e Far. Ciò mi turbò alquanto, pur tuttavia non volli riconoscere a me stesso l'importanza e la gravità di una simile assenza. Sviai dunque la mia coscienza, tosto ubriacandola con gli evanescenti fumi di saporosi miraggi e di ben fastose chimere.

A casa di Greta trovai già il maestro Gustaf e il direttore, e di lì a qualche istante salimmo tutti in carrozza. Il mio cuore cominciò a palpitare in un crescendo di emozioni; chissà cosa sarebbe stato della mia vita e dei miei amici. Cosa sarebbe accaduto alla fine di quel viaggio? Poi invece presi a ripensare al passato. Ad un certo punto udii abbaiare in quei pressi, e subito mi affacciai accompagnato dalla segreta speranza di poter vedere coloro ch'io consideravo fratelli. Si, scorsi Far da solo. Egli inseguiva il veicolo maledetto che mi stava portando via, intendendo pregarmi in tal modo di restare. Sicché, oltre alla sua pura propensione al perdono e alla meravigliosa sua grandezza, egli manifestava anche una enorme e preminente capacità d'amore. Mi ritirai dentro con gli occhi ancora umidi ed uno strozzato pianto nella gola. Ma lui continuava ad abbaiare, conficcando altre amare spine nella inaridita terra della mia anima. Allora mi porsi nuovamente fuori dal finestrino per gridare a lui e al mondo tutta la mia angoscia: "Far, torna a casa, ti prego. Non sprecare dolore per uno come me:" A queste mente, e dopo un pò scomparve dalla mia vista. La drammatica sparizione di quell'ultimo frammento del mio passato mi abbandonò pertanto alle terribili influenze di un ignoto futuro incipiente le cui bramose spire, però, già stavano assorbendomi e dilaniandomi. Forse quel viaggio costituiva la mia tomba; uno spettrale viaggio verso l'inferno. Trascorse alcune ore, comunque, quella venata, rugosa patina di ma parole egli smise di correre, si accucciò al suolo saggia malinconia venne

lentamente soppiantata dal luccicante manto di aspettativa cui si riflettevano le smaglianti mie illusioni e fulgidi desideri. Potemmo camminare sino a tardi, poiché il sole ci accompagnò per un lungo tragitto. Era il mese di luglio e ci fu possibile assistere, così, al prodigioso evento del sole di mezzanotte. Poi cominciò ad imbrunire.
Vari altri giorni dovettero susseguirsi prima di giungere a Parigi. Ci sentivamo davvero molto stanchi e stremati per cui ci facemmo immediatamente condurre nell'appartamento a noi riservato dalla direzione del teatro. Le stanze si presentarono subito straordinariamente accoglienti, tutte sontuosamente arredate ed addobbate. C'era, inoltre, un magnifico pianoforte posto in una isolata sala di quell'immensa casa. Era ormai sera; occasione questa più che propizia poiché ci diede finalmente modo di assaporare il sublime piacere del distender le membra esauste su dei letti morbidi e profumati Qualcosa di magico e misterioso, però, successe in quella notte densa di mute attese. Mi svegliai, ad un tratto, con la mente tutta protesa nell'atto di concepire una nuova composizione musicale. Un ben distinto motivo iniziò allora a propagarsi in ogni sperduta parte di me, sino ad inondarmi soffusamente d'ineffabile soavità e di avvilente cupezza. Non potei fare a meno di alzarmi e di portarmi, quasi come un automa, proprio davanti al pianoforte. Qui vide la luce, quindi, la neonata creatura musicale; Cominciò

così una rigogliosa melodia dai contrastanti toni giacché in seno accoppiava dolcezza a sofferenza, serenità a sgomento e gioiosità a mestizia. Fu facile, a tal riguardo, intuire che essa si allacciava in qualche maniera all'avvenuta mia separazione dai familiari affetti del precedente universo. Ecco perché intitolai quel brano "L'addio"!

Dopo qualche settimana debuttati al Teatro dell'Opera suscitando un grandissimo entusiasmo tra la folla. Ciò grazia soprattutto a questa mia ultima creazione la quale disseminò la feconda sua armonia ed attrazione sin nei riversi limbi di ogni vita il sostrato d'intima adesione. Fu un vero successo! Di li a poco il mio nome risuonò alto nei migliori ambienti artistici del pianeta, conferendomi un ben glorioso prestigio, dopodiché tenni concerti in giro per il mondo. Tutti mi davano l'assalto e la mia musica travalicò confini e culture di diversi paesi sì da amalgamare profusamente gli eterogenei strati dell'umana indole e imperfezione in una vaga sorta d'organica evidenza.

Giunse infine il 1810, anno in cui compii 40 anni; cinque ne erano già trascorsi da quella mia prima esibizione a Parigi. Un periodo, questo, talmente fitto di impegni e avvenimenti da scivolare quasi impercettibilmente sul galoppante dorso della mia frenetica esistenza. Non appena si presentò qualche giorno di tregua, Greta ed io ci sposammo.

Cominciò così una nuova esperienza, costellata di fragranti emozioni e dì fresche ansie e sensazioni.

Provai, difatti, l'indescrivibile gioia di divenire padre; evento d'indelebile solennità ed influenza. Ricorreva l'anno 1812, e quel 18 febbraio mi fece quindi il dono più bello e prezioso della mia vita: mio figlio Gerard. Lo scuotimento che ricevetti con la sua nascita fu molto simile a quello, parimenti violento e turbinoso, cagionatomi dall'allontanamento dai miei amici. La dolcissima presenza di Gerard - insomma - maturò dei positivi effetti sulle mie storture, sino a ricondurmi lentamente al genuino nucleo di me stesso. Iniziai allora a rendermi gradualmente consapevole di quanto sterminata e greve fosse la mia infelicità, chiuso com'ero in quel banale involucro di spigolosa artificiosità ch'era divenuta ormai l'esterna realtà del soffocato mio essere. Gerard fu, per me, un luminoso specchio rifrangente, dal destino inviatomi ed in cui dovetti inesorabilmente riflettermi. In lui finii pertanto col rivedere la mia impolverata coscienza, che sempre più andò ribellandosi a tale nefanda patina d'insensibilità e stoltezza ove giacevano le tramortite spoglie della mia anima. La nascita del piccolo rappresentava la vita, dunque l'amore, dunque l'amicizia... : In altre parole fui nuovamente proiettato nella suprema dimensione d'Assoluto ed un pallido spiraglio di luce si pose a me dianzi. Finalmente potetti intravedere qualche confuso scorcio di verità, acquisendo così una matura cognizione della globale mia identità relativamente alla mia sopraggiunta cognizione di padre. La Grande Madre ossia la Natura - stava ormai pronunciando perentoriamente il nome di Anders per cui mi ricorreva l'imperioso obbligo di ascoltare. Avvertivo insomma una rassicurante presenza dell'arcana entità benigna che prese a cingere, come un protettivo alone d'amorevole matrice, le principali sintesi mie vitali.

Tale rimarchevole evoluzione era tuttavia destinata a cozzare penosamente con la vanità, l'avidità e la vacuità propria di mia moglie. Per un pò di tempo non si verificò nulla di particolarmente negativo, ma dopo alcuni anni scoprimmo ch'era divenuto davvero assai difficile andare d'accordo. Quando il bambino raggiunse il quarto anno d'età, decisi di stabilirmi definitivamente in Francia. Avevo infatti bisogno di stargli vicino, motivo questo che m'indusse ad accettare la carica di direttore artistico del Teatro dell'Opera di Parigi.

CAPITOLO VIII

PARIGI, DOLCE RISVEGLIO!

Già, Parigi… Una gran bella città, anche se troppo lontana dai miei ricordi. Ora però c'era Gerard, magnifico frutto del mio seme. Eravamo veramente molto uniti poiché legati da un sentimento eccezionalmente magico e misterioso Egli mostrava una evidente predilezione per me, suscitando in tal modo una sorta di stizzosa gelosia nei miei confronti da parte di Greta. Di tanto in tanto mi ritrovavo a riflettere su quanto fossi stato sciocco a perdermi in quello squallido precipizio esistenziale che è l'effimera e superficiale concezione della Realtà costituita. Avevo cioè creduto stoltamente di poter reperire dell'acqua rinfrescante nell'inaridito alveo di una sorgente secca e prosciugata. L'esteriore bellezza della sua persona, da un lato, ed il successo del mio talento dall'altro, avevano subdolamente assunto la forma di una doppia lama ch'io stesso avevo poi conficcato nei palpitanti solchi del mio cuore. Importante era comunque il fatto che adesso, dopo lunghi anni di assenza e di morte interiore io tornassi ulteriormente a pensare, urlare, sentire, cercare, vivere. Insieme a Gerard, dunque, ero nato anch'io. Rifiorì lentamente il mio animo, e fu grazie a ciò ch'io potei assaporare un periodo caratterizzato da un piacevole equilibrio d'essere.

Momenti di autentica gioia e di serenità giunsero infine a colorire i miei risorti stati emozionali, e timidi vagiti del mio Io annunciarono ben presto la mia resurrezione. Mi risulta estremamente difficile descrivere queste sensazioni. Posso soltanto dire che copiosi pianti purificatori spazzarono via, quasi esorcizzandoli, i sordidi miei peccati. Ossia mi rinserravo, contrito ed umiliato nelle affrante ancorché grumose viscere del tormentato mio rimorso, ove ogni dolore corrispondeva ad una pungente espiazione. Da tutto ciò scaturì, naturalmente, un'altra meravigliosa composizione musicale cui diedi il significativo titolo di "Rèvèille"!

Fiori e consensi piovvero immediatamente su tale mia opera, la cui prima esibizione ebbe luogo in un'importante occasione avvenuta nell'aprile del 1815. Ero stato invitato, infatti, in un solenne ricevimento tenuto in onore al generale Napoleone Buonaparte.

Purtroppo però all'altrettanto e sempiterno preludio della mia valenza professionale, faceva da minaccioso e rude contraltare l'esasperato prologo di una situazione familiare sempre più tesa e lacerata. Le amare divisioni sopravvenute all'interno del nostro nucleo relazionale ed affettivo stavano, ahimè, aggravandosi pericolosamente. Greta si mostrava cioè, via via più intollerante ed ostile verso quella specie di morboso attaccamento che s'era creato tra me e nostro figlio. Ciò fece sì, di conseguenza, che la figura di mia moglie divenisse la rarefatta ombra di un'immagine oramai vuota e opacizzata. Soltanto adesso ella si rivelava ai miei occhi in tutto il suo reale aspetto e nella univoca sua entità; una ben scialba rappresentazione dai pur funesti effetti alla quale non avevo, comunque, più alcuna intenzione di soccombere o soggiacere. Or finalmente si delineava a chiari tratti la rispettiva nostra posizione e connotazione, risultanti tra loro così distanti da rendere inconciliabile il rapporto ed infernale la convivenza. Tornai quindi a comprendere la vastità oceanica che mi separava da lei, nonché quella altrettanto abissale intercorrente (in linea generale) tra l'uomo e la donna. Strano da credersi, e tanto più da accettarsi. Tuttavia fu appunto di questo che giunsi quanto prima ad avvedermi, ovvero della diaframmatica diversità sostanziale esistente tra gli umani di sesso maschile e quelli di sesso femminile. Una assai profonda divergenza vertente sulla prioritaria qualità d'essere che è la "sensibilità". Iniziai a notare, ad esempio, che una qualsivoglia emozione da me provata andava poi manifestamente scemando d'intensità e di spiritual vigore qualora la si trasponesse sulla soggettiva sua identità. Ogni sentimento di lei veniva insomma ad essere brutalizzato e soffocato dall'indigente sua interiorità, quasi come neutralizzato da una connaturata incapacità endogena a perforare i basilari substrati del sapere e del sentire.

Ghiaccio e freddezza erano gli unici elementi costanti di Greta. D'altro canto non potevo non pensare che anch'io avevo attraversato una condizione di morte dell'anima, sebbene in maniera relativamente cosciente e consapevole; morto, dunque, ma sofferente! Ella era invece morta del tutto, senza percepire cioè più alcuno stimolo di piacere o di dolore. Voglio, in sostanza, esprimere il concetto secondo cui un morto-vivo rimane tormentato sino al momento della sua rinascita oppure della definitiva sua estinzione. Quando però questo stato diviene permanente può anche accadere che un quell'originario suo patimento in una sorta di comoda passività. E probabilmente era proprio questo il caso di Greta, ossia di un individuo fatalmente aduso alla morte. Adesso mi appariva tutto più chiaro. La verità stava palesandosi lentamente a me nelle variegate sue sfaccettature, le quali appresi essere contrassegnate da oscuri angoli e da scoscesi anfratti e superfici. Questo perché non sempre si può essere convinti di ciò che si vuole o si vorrebbe, ma è anzi obbligatorio aprire bene gli occhi ed osservare con estrema umiltà e scevri di qualsiasi condizionamento mentale sia la realtà del creato che le infinite sue componenti. Ed in effetti ritengo che proprio qui risieda il principale errore dall'uomo commesso in tanti secoli di storia (e che ancora oggi commette), con catastrofiche conseguenze sul complessivo esito esistenziale. Mi riferisco cioè al fatto ch'egli non si è mai fermato un solo istante per scrutare attentamente e liberamente attorno e dentro di sè in maniera veramente logica ed oggettiva.

Nuovi orizzonti ed albori aprivano il sipario della mia vita su quell'ineffabile spettacolo sì edificante che è il luminoso sorgere d'un primigenio Sapere. Grazie ad esso, inoltre, giunsi ad acquisire una forma di comprensione completamente estranea alla ragione. Sicché venne a verificarsi lo stranissimo fenomeno di guardare e capire, dormire e vedere, respirare e sentire; ed al pari del timido sbocciare d'un vermiglio fiore il mio scibile andava progressivamente evolvendosi. Esattamente come un'edera io m'innalzavo al cielo, così comprendendo con indicibile certezza tutto ciò che in me stava accendendosi. E questa è la cosa che maggiormente mi colpiva. La "certezza" con cui si affermavano determinate teorie e cognizioni nella salvifica mia coscienza'. Era come se sulla vecchia lavagna del Sapere qualcuno stesse prodigiosamente provvedendo a cancellare nozioni errate e incongruenti, sostituendole con altre decisamente giuste ed adeguate. Solo che adesso il gesso usato per l'incisione di tali fatidiche iscrizioni era composto di materiale fortemente vivido e persistente, ovvero incancellabile. Successivamente la mia memoria cominciò a navigare sul tempestoso, eppur sì adorato, mare dei ricordi. Sempre più spesso mi ritrovavo infatti a rammentare le dolci e care figure dei miei amici, cui rivolgevo sospiri ed ansimi colmi di traboccante e sconvolgente nostalgia; mi chiedevo, con una punta di bruciante preoccupazione, cosa pensassero ora di me. Ciò mi tormentava profondamente. Allora, presi a riempire gli esasperanti buchi di tale irrefrenabile ossessione con eccitanti impegni di tipo culturale. Mi associai ad un prestigioso Club che essendo diretta emanazione della Scuola Politecnica di Parigi riuniva numerosi personaggi celebri in svariati settori, quali: Andrea Ampere, il chimico Proust, i biologi Cuvier, Lamarck, Carnot e tanti altri. Il frequentare un ambiente di sì alta e nobile reputazione mi dava ovviamente l'opportunità di conoscere il pensiero dei più grandi uomini dell'epoca, e confrontarlo così con il mio.

Nel frattempo la società attraversava un recessivo periodo di restaurazione dei vecchi valori assolutistici, intervenuto in seguito alla sconfitta di Napoleone. Il Congresso dì Vienna aveva portato al trono Luigi XVIII; avvenimento questo che rappresentò l'affermazione di un quanto mai stantio legittimismo monarchico. E ciò in contrapposizione ad una trasversale corrente illuministica che proclamava, invece, il principio di uguaglianza di tutti gli uomini dinanzi alla Ragione ed il supremo valore della sovranità popolare. Non

soltanto in campo politico si manifestava però questo, in sostanza, l'alba di un avveniristico modo metafisico di concepire la realtà naturale, che si collocava al di fuori dei vecchi schemi sino ad allora vigenti e che appariva dunque più veridico poiché si poneva come critico osservatore nuovo fermento ideologico, bensì anche in quello morale.
Era dell'Immensità del Creato.

CAPITOLO IX

RAGIONE ED ISTINTO

Seguivo con accentuato interesse l'attività filosofica ed i vari moti del pensiero espressi dagli illustri soci del Club. E proprio a tal riguardo bisogna riconoscere che le erudite loro disquisizioni teoretiche riuscivano sicuramente ad impressionare gli astanti, in virtù dell'imponenza dialogica e della raffinata pomposità verbale di cui erano doviziosamente infarcite. Ma ad una più attenta disamina ci si rendeva subito conto di come esse celassero null'altro che una ben flaccida inconcludenza sostanziale ed una altrettanto scarna inconsistenza concettuale. Ecco perché non mi permearono né scalfirono in alcuna misura; anzi, tali autorevolissime loro argomentazioni produssero l'inopinato effetto di scavare ancora più marcatamente quell'insanabile divario che da sempre, non a caso, esisteva tra me e gli altri. Cominciai infatti a sentirmi totalmente alieno dal mondo degli uomini, addirittura nutrendo un contrastante senso di profondo ed antico disprezzo verso tutto ciò che falsamente definiamo "civiltà". Le donne, gli uomini, il perbenismo e le illusorie aspettative generali di fama e di ricchezza, avevano fatto di me uno straccio inservibile pieno di consunte lacerazioni e di rimorsi ancor pungenti e cupi. Mi chiedevo quale valore possedesse ormai la mia vita, il mio status esistenziale, il mio atteggiamento improfumato verso l'onorata società. Chi era, insomma, Anders Nicanders se non un vigliacco assai stupido e puerile, un deludente clown di sè stesso che aveva cercato il divertimento nel catturare lucciole, ignorando così il rischio di rimanere completamente al buio? Avevo cioè assistito ad un dilettevole gioco mortale, spinto da sconcertanti orgogli e difetti; errori su errori, fango su fango, sino a scomparire nell'appiattimento emotivo più sterile e degradante e nel crudele vortice del non essere.

Cosa, allora, mi aveva a tal punto distratto e immiserito? Da qui giunsi conseguentemente a capire che la causa di tale aberrazione è innata come peculiarità strutturale dell'umanità intera, e risiede in quel preciso e ben individuabile elemento costitutivo che è la "ragione". Si, la tanto sublimata ragione ravvisai essere la principale arma degli umani crimini e delitti! E fu proprio questo il prevalente assunto da cui si sviluppò, insieme alla radicale conversione mia personale, una nuova filosofia di vita. Tutto si diramava da un centrale nucleo cognitivo che ne componeva poi il relativo fulcro d'espansiva azione dinamico-deduttiva. Fui ben convinto, invero, che la ragione caratterizzante l'uomo non assume una posizione di privilegio effettivo, ma che rappresenti invece un elemento di pernicioso demerito. Essa è, altresì, la palese e grave dimostrazione dell'imperfezione umana; drammatica evidenza di una quanto mai catastrofica involuzione della specie. D'altro canto accadeva che, parallelamente, l'esperienza di sempre e di quel periodo particolare aveva contribuito a conferirmi un affiancamento spirituale ad una dimensione di vero Naturalismo. Un naturalismo però ben diverso da quello astrusamente professato dagli illuministi del tempo, i quali consideravano la "ragione" come lo strumento principe per la conoscenza del Reale. Visualizzavo in me, al contrario, un naturalismo che incentrava la sua essenza su una realtà i-stintuale. Ossia, l'istituto inteso quale apice massimo di un perfetto modello di vita.

Dopo aver inquadrato al mio scibile tali importantissime connessioni di tipo logico-funzionale, iniziai man mano a puntare il mio sguardo accrescitivo non più dunque sulla ragione ma sull'istinto. Imboccai, in sostanza, una nuova via dove probabilmente nessuno era mai stato: la via della pura NATURALIZZAZIONE atta a realizzare quel supremo ideale d'esistenza che ancora trovasi sospeso in un asfittico stato di latenza poiché rimasto per secoli nascosto dietro una fitta cortina l'obnubilanti fumi, nebbie ed illusioni. Una refrigerante via nel deserto, tutta coperta dalla sabbia lì deposta dai venti ciclonici, la quale però conduce verso fertili terre lontane. Una fresca fonte fluviale dietro una compressa duna di assetati!

CAPITOLO X

CONCRETO ED INCONCRETO

Ma allora perché non cercare quell'agognata strada nel deserto, per poi correre verso la Felicità? Era proprio questa la domanda che rivolgevo insistentemente a me stesso, e che mi spingeva a proseguire. Volevo cioè capire quanto mi era dato di capire, per cui con estrema cura ed attenzione iniziai ad esplorare un divergente campo acquisitivo del tutto pratico e naturale. Desideravo, a tal riguardo, evitare di rimanere intrappolato in una contorta rete di inutili pretese e velleità onde ricercare - appunto - sentieri che non s'inerpicassero lungo le astratte sfere celesti ma che ben saldi poggiassero sulla scura terra. La mia intenzione era insomma quella di maturare l'intrinseca capacità di comprensione rispetto alla realtà concreta, che mi competeva in quanto uomo. Sicché dovetti successivamente procedere operando una sorta di inevitabile suddivisione del Creato in due essenziali parti costituenti: il Concreto e l'Inconcreto! Tale dicotomia concettuale si mostrava assolutamente indispensabile se davvero volevo raggiungere la meta prefissa e sperata. ciò inoltre serviva a stabilire quale fosse la linea di frontiera delimitante la mente umana, sì da demarcare con maggiore chiarezza gli esatti confini dell'area entro cui è lecito far spaziare le curiosità e le aspirazioni degli uomini. Soltanto in questo modo, infine, sarà conseguibile qualche autentico risultato valido e positivo, giacché verrebbero a crollare quelle disastrose barriere erette dalla presunzione antropocentrica a scapito delle più sagge e giuste prospettive di verità è d'amore.

Per troppi secoli l'uomo ha percorso un sentiero assai tortuoso e impervio, che lo ha dirottato solamente verso l'Errore. Nulla di più logico poteva dunque succedere a chi ha sbagliato direzione ad ha caparbiamente creduto che la "ragione" fosse un privilegio della specie, ignorando così la via della salvezza. A tal fine ha dovuto però stendere un fittizio velo ottenebrante su ogni effettiva essenza di Verità, attraverso il vile spandimento d'ignominiosi tabù, presuntuose curiosità e d'acquiescenti credenze ed opinioni. Altri interrogativi conseguentemente proruppero nella voragine mia mentale, e nuove inquietudini funestamente abbatteronsi sulla mia anima. E così lentamente, pur se con una certa spietatezza, il reale volto della vita si profilò gradatamente negli sterminati orizzonti della conformazione mia personale.

Ma quanti erano disposti a compiere una simile intricata ricerca esistenziale? Mi guardai meticolosamente attorno per captare analoghi segnali ed impeti da chicchessia provenienti, senza tuttavia coglierne alcuno. Allora iniziai ad urlare con eccezionale veemenza e disperazione, ma ebbi purtroppo modo di accertare che nessuno era in grado di ascoltarmi. L'impresa, dunque, avrebbe sicuramente scoraggiato chiunque; io però cercai di resistere e continuare! Gli sforzi furono davvero estenuanti, ma i risultati giunsero ben presto a corroborar la combattiva mia volizione. Ciò, in particolare, prese mirabilmente corpo e consistenza allorché rilevai come il mosaico della conoscenza si fosse ormai avviato a comporre il tanto meraviglioso e superlativo disegno dei concreto scibile umano, proiettandolo in maniera via via crescente in una dimensione di pura giustizia. Era necessaria molta umiltà per dividere in pratica ciò che ci compete da ciò che non ci compete.

CAPITOLO XI

LA DONNA E L'UOMO

Gerard era divenuto frattanto un ragazzino, benché il suo atteggiamento fosse proprio quello di un adulto. Nel suo fare così tacito e tranquillo egli lasciava trapelare la formazione di un carattere eminentemente sensibile e riflessivo; forse sin troppo placido per la sua età, al punto da trascorrere numerose ore della giornata immerso in un assoluto silenzio. Non estrinsecava praticamente nulla delle emozioni e sensazioni che in sì abnorme misura permeavano quelli che erano i viscerali meandri dell'ancora acerba sua individualità, ad eccezione di un fortissimo attaccamento verso di me. Cosa questa che, ovviamente, finiva con l'urtare il già altezzoso orgoglio di Greta dando conseguentemente adito a tutta una serie di recriminazioni e lamentele di ogni tipo. La divergenza tra noi due si faceva pertanto sempre più marcata ed esplosiva, tranne quelle rare volte in cui decidevo di sforzarmi onde accostarmi alla sua isola e ripristinare in tal modo una temporanea parvenza d'armonia. Quando però poi me ne riallontanavo, giacché bisognoso di approdare nuovamente alle mie sponde, la bufera tornava a regnare sovrana. Ed era proprio questo il problema..! Voglio dire, cioè, che tra di noi non c'era mai stata una similitudine ideologica di fondo; il nostro era dunque stato un rapporto impari, iniquo, contraddistinto dalla reciproca appartenenza a due mondi esasperatamente lontani e incompatibili. Alla luce di siffatte constatazioni capii anche com'era stata possibile una convivenza con lei durata per tanto tempo. In sostanza ciò aveva potuto realizzarsi grazie esclusivamente alla mia paziente opera di avvicinamento alla sua isola, la quale era rimasta completamente fissa e immobile nello stagnante suo universo senza mai compiere alcunché di dinamico e propulsivo nei miei confronti. Da qui mi fu successivamente agevole risalire ad una più ampia e generica comprensione delle differenze esistenti tra l'uomo e la donna; comparazione questa che mi fornì, a sua volta, l'opportunità di verificare come la posizione dell'uomo risulti essere vergognosamente compromessa poiché relegata nei più umilianti strati di soggiogata e strisciante inferiorità. Difatti è quasi sempre la donna a scegliere, decidere, fare e disfare nella maniera che più riti6ne piacevole e conveniente. Un infausto gioco tra ricco e povero, tra padrone e schiavo... Ma la cosa più riprovevole risiede giusto nel fatto che è spesso il povero a recarsi nella reggia del ricco avido ed egoista, ed è proprio lo schiavo che porge i polsi sanguinanti alle catene del padrone suo malvagio ed oppressivo. Viene da chiedersi, allora, come può accadere che un povero ami un ricco ed uno schiavo il suo padrone se un sommo sentimento quale l'amore deve soprattutto poggiare sul dignitoso principio dell'uguaglianza? Come può crearsi, insomma, un autentico rapporto di intesa e di rispetto in una condizione di degradante disparità? Tali riflessioni mi sospinsero verso la conquista di un' ulteriore verità: l'amore e l'amicizia sono attributi naturali che nascono soltanto in "orizzontale", ossia nell'ambito di uno stato di perfetta parità ed in una terra sostanzialmente umile e dimessa. Ciò sta a significare, dunque, che unicamente tra poveri può generarsi il vero amore, non già tra poveri e ricchi nè tanto meno tra ricchi stessi. Succede, invero, che il ricco rimane superbamente abbarbicato all'apicale sua vetta di privilegi e non scenderà giammai nello spregevole tugurio del poverello. Egli vive di gentili illusioni e di credenze sociali e dottrinali indotte che lo equiparano a un Re, ragion per cui egli si avverte quale l'incontrastato padrone del mondo. Ed era proprio questo il caso di Greta... adesso lo capivo con illuminante chiarezza e reale adesione. Con quell'ottusa sua presunzione avrebbe mai potuto ella inginocchiarsi al mio cuore ingenuo e puro, abbandonando così il suggestionante suo patrimonio di ridente beltà ed attrazione? Certamente no! Ecco allora spiegato quel sadico quadro di morte che una tale situazione determina e che vede la donna quale spietata detentrice di indiscusse, nonché abiette, prerogative decisionali che freddamente infligge alle sue vittime. Ora scorgevo limpidamente dinanzi agli occhi miei atterriti l'ambigua immagine della donna quale porta di accesso al preponderante Impero del Dolore. Cos'è quindi l'amore (comunemente inteso e concepito) se non una stupida competizione dai devastanti effetti, oppure una squallida gara a senso unico cui però l'uomo partecipa in maniera del tutto inerme ed indifesa? Bisogna dire, inoltre, che sono ben pochi gli uomini in grado di capire tale trucco ingrato, e di rifiutare così l'assurdo agone. Ma quando poi questo succede, egli viene a trovarsi purtroppo in una condizione parimenti tragica e sconcertante. Ciò in quanto appare difficilmente confutabile che colui il quale osa trattare una donna con scandalosa freddezza e indifferenza deve conseguentemente aspettarsi un accanimento reattivo d'inconsulta mole e virulenza.

Sicché, tirando le somme, il dato di fatto più sicuro e manifesto era che in tanti anni di unione Greta aveva indubbiamente conosciuto me più di quanto avessi conosciuto lei! Ella infatti, al contrario di me, non poteva mostrarmi la sua casa interiore giacché questa era paurosamente sudicia e desolante. Già... ma che strane ed antiquate teorie potrete voi dire se un giorno leggerete questo diario; congetture retrograde e oscurantiste.. ! Ebbene, non so nemmeno io come definirle. Avverto tuttavia l'obbligo di dirle perché di questo sono totalmente convinto, ossia: la casa interiore di una donna è generalmente più sporca di quella di un uomo. Ciò che differenzia l'una dall'altro, invero, non è tanto la diversa strutturazione anatomica quanto - piuttosto una minore sensibilità d'animo. Ella risulta essere, insomma, più cinica e razionale!

I frutti della mia nuova concezione naturalistica cominciavano finalmente a farsi assaporare. La suprema genesi della profusa mia coscienza or riflettevasi con riverberante splendore su ogni ramoso segmento della consapevolezza mia estensiva, consentendomi in tal modo di leggere quanto era invece precedentemente avvolto nel buio. Appurai pertanto l'assiomatica esistenza del rapporto universalmente proporzionale e correlato tra ragione ed insensibilità, istinto e sensibilità.

CAPITOLO XII

DIBATTITO AL CLUB

Facile immaginare, a questo punto, come il clima familiare stesse ormai inasprendosi di giorno in giorno. Ha la cosa che più preoccupava, ovviamente, era la tristissima condizione di mio figlio. La sua innocenza, infatti, riusciva a turbarmi enormemente sino ad angosciare il sentimento mio paterno in misura alquanto grave. E tale dolente frustrazione si acuiva pesantemente allorché ero purtroppo costretto a rilevare che Greta non si mostrava all'altezza di assolvere compiutamente il proprio ruolo di madre, respingendo anzi qualsiasi mio tentativo teso a conferirle almeno un pò di buon senso. Crisi su crisi mi tormentavano e dilaniavano pericolosamente; l'unico impulso che provavo era dunque quello di isolarmi dal rovinoso mondo degli uomini. Cercavo allora di colmare quel mio vertiginoso strapiombo spirituale ricorrendo all'attività culturale e filosofica del Club. Ma anche qui, ahimè, giungevo a scontrarmi con una realtà completamente posticcia e inappagante. Ricordo tuttavia un episodio particolarmente importante, che ritengo utile riportare in quanto ebbe l'illuminante merito di maturarmi ulteriormente. Una sera mi trovai ad affrontare un dibattito di peregrino valore con un'insigne autorità ecclesiastica. Questi, infatti, non appena entrato in sala aveva dato vita ad una stimolante conversazione che servì a sviscerare problemi e verità di eccezionale attualità ed evidenza. Le sue parole presero a risuonare con tocco stridulo e roboante su ogni poroso anfratto lì esistente, nonché sulle contorte menti dei saccenti soci presenti. Stucchevolmente fiero e soddisfatto egli si mostrava dopo l'avvenuto riconoscimento ufficiale della suprema dottrina cattolica quale unica religione di Stato; fatto questo che lo indusse ad infarcire le già iperboliche sue proposizioni con ridondanti attestazioni di debita gratitudine ed ammirazione nei confronti del nuovo re Carlo X, conte di Artois, da poco salito al trono. Una frase, specificamente, urtò in maniera irrimediabile la mia sensibilità... Il Cardinale ebbe infatti a dire: "Era ormai tempo che si desse giusto e saggio rilievo ai veri valori dell'uomo, il quale è finalmente inteso come il magistrale pilastro accentratore di tutte le virtù e le qualità che Dio gli ha donato!". Non potetti rimanere impassibile di fronte ad una simile provocatoria insulsaggine, per cui interruppi bruscamente la perversa connessione di quel delirante monologo onde affermare il mio diverso punto di vista. Tentai dunque di spiegare quanto risultasse ottuso e profondamente inaccettabile quell'infimo suo concetto di "privilegio umano". Illustrai, insomma, una posizione spiccatamente critica rispetto al principio cattolico dell'esistenza di una scala verticistica in cui ogni essere viene ad occupare un ben distinto gradino. Notai allora che un'accentuata reazione di diffuso sgomento s'impossessò dei presenti, i quali presero ad osservarmi con esacerbata curiosità e costernazione. Ma nessuno parlò, ad eccezione del mio diretto antagonista che visibilmente alterata e quasi febbricitante - giunse ad esclamare con accanito fervore: "Queste vostre opinioni non sono altro che delle mere eresie... Avete cioè osato mettere in discussione secoli e secoli di evoluzione umana..!". A tal punto, il grado di generale stupore tra gli astanti divenne fisicamente palpabile. I loro volti si fecero invero scuri e corrucciati, mentre dai loro occhi tremuli emanavansi sguardi assai pungenti e truci che avrebbero potuto persino trafiggere come spada. Ma il mio scudo spirituale, straordinariamente irrobustito e dinamizzato da quello spesso rivestimento di sofferenza e d'amore che con sì potente energia nell'Infinito sommo m'avea irraggiato, tenne esemplarmente. Poi, d'un tratto, notai una sorta di luce nella sala che indirizzò la mia attenzione su di un uomo dall'aspetto sublimamente ieratico e maestoso il quale riversò la grandiosa sua imponenza sia sopra che dentro le gravitanti nostre entità. Ne rimasi molto colpito! Non lo avevo mai incontrato prima di allora, eppure avvertivo come la netta sensazione di conoscerlo da epoche immemorabili. La sua corporatura alquanto gracile e lineare nascondeva la vigorosa preponderanza della trascendenza sua dimensionale (la cui meravigliosa estensione oltrepassava i confini del verificabile), ed esprimeva frattanto una sconcertante indefinibilità temporale. Estremamente difficile trovai infatti la decifrazione dei suoi dati personali; addirittura impossibile stabilire, seppure approssimativamente, quale fosse la sua vera età. Fui solo in grado di capire che le luminose stimmate, doviziosamente incise sulle raccolte sue membra, stavano lì a testimoniare un'eccelsa maturità derivante, più che dal suo passaggio terreno, dall'ancestrale e supremo divenire dell'esistenza. Mi rivolse allora un tacito cenno d'intesa, dopodiché la sua voce cominciò a tuonare con inflessibile solennità in tutto l'ambiente circostante: "La morale cristiana contiene in sè la grande ed essenziale imperfezione di limitare i suoi precetti agli uomini e di lasciare senza alcun diritto tutto il mondo animale... Potrebbe spiegarmi Eccellenza, lasciando da parte il comodo paravento dell'anima, il motivo di tale aberrante comportamento discriminatorio così poco 'umano'?!" Il Cardinale vacillò sulla sua sedia, ma trascorso qualche istante di malcelato sbigottimento soggiunse: "Ah, bene, vedo che la discussione cresce spinosamente... Le rispondo immediatamente dicendo che la morale cristiana si basa principalmente sul diritto insindacabile di colui che pensa, ragiona, ed è fornito di spiritualità e di sentimento. Tutto il resto non conta, esimio signore, e Le sarei anzi grato se volesse concedermi l'onore di farmi sapere con chi sto parlando...". Ed egli subito intervenne dicendo: "Ha ragione, mi presento subito... il mio nome è Arthur Schopenhauer!!"

Assiepati e convulsi furono gli empiti d'inusuale sbalordimento che presero l'inevitabile sopravvento sulle compite, nonché alquanto neghittose, menti di quella sventurata e attonita platea di spettatori. Anch'io, a dire il vero, fui assalito da una sorta d'incontenibile trasalimento, dovuto più che altro allo strabiliante impatto che una sì illustre presenza induceva su quanti avevano avuto l'assai preziosa opportunità di conoscere l'incomparabile statura del rinomato filosofo tedesco. Il quale, contraddistinto da un disarmante atteggiamento flemmatico ed imperturbabile, prese nuovamente la parola: "Vi prego ora di consentirmi il ricorso alla stupenda memoria di un vostro mirabilissimo connazionale, la cui opera magistralmente meritoria è degna d'imperitura stima da parte di ogni sperduto essere che ha visto la luce su questo misero e devastato angolo di Universo. Mi riferisco, signori, al grande Voltaire, il quale ebbe addirittura ad asserire: ...che meschinità affermare che le bestie sono macchine prive di conoscenza e di sentimento, che compiono i loro atti sempre nello stesso modo, senza imparare o perfezionare niente! Ma come? L'uccello che fa il nido a semicerchio quando lo attacca ad un muro, lo costruisce a quarto di cerchio se è in un angolo e a cerchio intero se è sopra un albero; quell'uccello fa tutto allo stesso modo? Il canarino a cui insegni un'aria non impiega forse un bel pò a impararla? Non hai notato che sbaglia e poi si corregge? E quel cane che ha perduto il suo padrone, che l'ha cercato in ogni strada con guaiti di dolore, che entra in casa agitato e inquieto, che scende, sale, va di stanza in stanza e finalmente trova nello studio il padrone tanto amato, al quale testimonia la propria gioia con la dolcezza delle grida, coi salti e le carezze? Dei bruti afferrano il cane, che supera in modo portentoso l'uomo in fatto di amicizia, lo inchiodano su di un tavolo, e lo vivisezionano per mostrarci le vene mesenteriche, e vi scopri gli stessi organi di sentimento che hai tu. Rispondimi, meccanicista! La natura ha dato a quest'animale tutte le molle del sentimento perché non senta? Ha forse dei nervi per essere impassibile?!

Ma a proposito di vivisezione vorrei inoltre ricordare come ricada direttamente sulla Chiesa Cattolica la terribile responsabilità di aver ufficializzato la medicina di Galeno, tutta imperniata sull'inflizione di atroci ed orrende torture su creature innocenti; torture tese a svelare quello che è l'impenetrabile mistero o segreto della Natura!!". Non un commento, non un sospiro... Soltanto un imbarazzato e cupo silenzio fece timidamente seguito al discorso di quella persona eletta che con pacata dialettica era riuscita a

mettere in così grave crisi il Cardinale. Quest'ultimo, infatti, cercò invano di nascondere il suo esiziale scuotimento emotivo, evitando perciò di cedere a furiose tentazioni ed a violenti moti d'ira. Tuttavia, nella sua qualità di rappresentante della massima istituzione religiosa esistente al mondo, non poteva assolutamente dare di sè un'immagine tanto spregevole ed avvilente. Fu costretto dunque a reagire con diversa tattica a quelle pesanti accuse mossegli da Schopenhauer, ragion per cui giunse a replicare: "Trovo davvero commovente il vostro amore per gli animali... Ciò fa indubbiamente intravedere un nobilissimo senso di fratellanza nei riguardi di altre forme viventi del Creato e verso cui la Chiesa non può che considerarsi rispettosa. Stiamo attenti però a non eccedere in dogmatismi sterili ed inconcludenti, altrimenti si corre il rischio di ingenerare pericolose confusioni circa l'attribuzione di ruoli e funzioni che risultavano essere tipicamente umani!"
Rimasi letteralmente esterrefatto nell'udire simili sfrontate scempiaggini, segno evidente di una deplorevole inclinazione all'ipocrisia ed all'abiezione. Non potetti allora trattenermi dall'intervenire, e dissi: "Attenzione, Eccellenza... Lei sta contravvenendo a quelle che sono le fondamentali direttrici filosofiche della dottrina cattolica! Ha addirittura pronunciato il tanto suggestivo e cattivante termine di "fratellanza",

ammettendo quindi (seppur implicitamente) l'evidenza di un equo sistema di valori accorpante tutte le sostanziali realtà individuali dei viventi..!" Non ebbi modo di concludere la mia prolusione che l'Eminenza subito mi si scagliò contro veementemente: "La sua è soltanto una libera e gratuita interpretazione delle mie parole..!! Ciò in quanto, se è vero che stiamo qui argomentando in ordine a concetti quali la "fratellanza", è pur vero che questo avviene nell'ambito di una comunità di uomini. Ed è una tale suprema distinzione che tributa all'uomo, appunto, l'inconfutabile potestà divina sulla Natura!". Dopodiché soggiunsi: "Mi consenta un'ultima domanda, Cardinale. vorrei chiederLe dov'è che a suo parere si ravvisa maggior peccato: tra chi uccide un albero, un animale od un uomo...!?". Egli sospirò, manifestando una condizione d'intrinseco scompiglio e stordimento. Era ormai chiaro come nessuna traccia di logica fosse rimasta a garantire almeno un pò di strutturale ordine mentale in quella contorta farragine delle sue idee. Mi dispiegò dunque una risposta copiosamente trapunta d'esagitati toni e di perfuso livore: "Chi uccide un uomo!!!". Accadde, di conseguenza, ch'io potetti portare a termine il mio discorso nella maniera più idonea ed opportuna: "Ecco, adesso sì che ha espresso fedelmente la sua esatta opinione in merito..- Cosa questa che rivela come sia completamente fallace un simile intendimento, il

quale è indubbiamente da rigettare ed aborrire a causa della speculare sua incongruenza. Voglio cioè dire che non è possibile parlare di uguale importanza e di pari diritti tra figli di uno stesso padre se è poi loro a detenere il singolare privilegio di proprio padre in caso di sua morte!".
Seguì qualche istante di preoccupato ed assorto rimuginare, dopodiché intervenne il biologo Lamark: "Resta tuttavia innegabile una netta differenziazione tra gli esseri, verificatasi col mutare del tempo e delle condizioni ambientali e comunque tale da conferire all'uomo determinate caratteristiche che lo particolareggiano rispetto agli altri elementi del Creato!". L'ortodossa sua trattazione ebbe finalmente il merito di ricondurre a più decenti e vantaggiosi canali quell'assai scabrosa discussione, restituendo così un pò di conforto soltanto uno di far piangere il Dalton, che tutta la materia abbia una configurazione atomica perfettamente identica in ciascuna forma esistente? Tale teoria implica dunque che ogni essere è diverso dall'altro solo strutturalmente, ma che l'essenza rimane per tutti indiscutibilmente uguale. E' come l'esempio di un grosso orologio, al cui interno i vari pezzi si presentano differenti per quanto riguarda l'aspetto, la grandezza ed il peso, ma uniti da una comune finalità: il funzionamento dell'orologio stesso! Ora provate ad immaginare cosa succede se una sola di queste parti componenti si rompe, determinando così la

cessazione di roteamento di una minuscola rondella. Ebbene, secondo me è proprio questo che è avvenuto al sommo orologio universale a partire da un'epoca la cui origine si perde nella notte dei tempi. Una piccola frazione del Creato ebbe cioè a staccarsi dalla generale armonia cosmica, determinando in tal modo una deleteria disgregazione organica del Tutto. Stiamo parlando dell'uomo, ovviamente, il quale è stato successivamente costretto ad erigere e modellare il suo futuro sullo schema di quel fatidico abbaglio che sì tanti danni ha provocato al superiore equilibrio naturale. Egli ha dovuto insomma costruirsi uno scudo giustificatore e rinnegatore atto a combattere le riprovevoli accuse che incombevano sulle sue azioni, ed ha vilmente denominato l'inqualificabile sua trasgressione col termine di 'diversità, poi di superiorità! Da ciò è ovvio che ogni filosofia, ogni religione ed ogni moto di pensiero è stato filtrato a sua comodità e vantaggio. Sicché tutto è a misura d'uomo (persino i testi sacri) purché si sancisca il principio della superiorità dell'uomo in base al suo esclusivo possesso dell'anima, di diritti e privilegi del tutto insindacabili. 'Dio ha creato l'uomo a sua immagine e somiglianza'... Si inverte così ogni parametro valutativo e si trasmuta facilmente il difetto in pregio, l'ostinazione in prerogativa e la facoltà in arbitrio".

Gli sbalorditi volti dei presenti or dimostravano d'essere stati visceralmente toccati da quanto avevo testé enunciato.

La ferma certezza che pervadeva i miei concetti veniva come iniettata all'esterno dall'acuminata lucidità delle mie parole, suscitando un interesse pressoché unanime e rigoglioso. Persino l'alto prelato andò modificando, sino a stemperarlo, il suo atteggiamento nei miei confronti; egli giunse infatti a palesare una sorta di timida curiosità speculativa, in luogo della precedente furiosa e cieca sua ostilità. Tant'è che, appena qualche istante dopo il mio intervento, egli riprese a parlare: "A questo punto, se Lei ha il coraggio di ripudiare quel disastroso scudo giustificatore e rinnegatore (cui si riferiva poc'anzi), dovrebbe illustrarci in maniera veramente nitida e chiara qual'é a suo avviso la reale condizione dell'uomo in relazione all'accertata differenza sua intellettiva...

In altri termini, intendo chiederLe come mai la suddetta rondella, diversamente da tutte le altre, ragiona?". Fortunatamente, questa opportuna domanda sua conclusiva m'introdusse lungo il prediletto selciato mio induttivo. Così dunque risposi: "E qui, cari signori, entriamo proprio nel vivo della mia filosofia naturalistica... che con grande onore mi accingo ad esplicare. A tal riguardo devo dire che trovo davvero utile e pertinente il suo interrogativo, Eccellenza! Perché l'uomo ragiona? Ebbene, io ritengo che ciò accade poiché egli non sente. Mi spiego meglio...".

CAPITOLO XIII

NATURALISMO

...è fatto evidente ed incontrovertibile che in un remoto tempo d'Infinito, per cause a noi del tutto ignote, sia germinata un'incommensurabile realtà d'Esistenza.

Un Universo eterno e sconfinato che affonda la sua genesi in chissà quale ancestrale oceano d'occulte origini ed ascendenze, insieme a quello che risulta essere lo scopo suo preposto. Una sterminata massa vitale brulicante d'innumerevoli parti costituenti, infinitesimali rispetto alla grandiosità dell'Insieme, ciascuna difforme dall'altra nell'aspetto suo strutturale ma egualmente congiunte ad un filo unico ed immanente: il filo dell'Esistenza... Una profusa e sottile propaggine sostanziale estesa alla totalità degli esseri del Creato; un indispensabile e perentorio dettame naturale teso a mantenere l'ordinato sistema di equilibri e relazioni tra i suoi elementi attraverso l'imposizione di precise leggi e regole. Sì, signori, è proprio questo ch'io intendo per 'istinto': una voce maestra e ineludibile che sancisce, attimo dopo attimo, lo strabiliante ed assai munifico componimento sintonico della vita!!!".

"La volontà nella Natura...", soggiunse Schopenahuer. Al che proseguii: "Esattamente... quel valore supremo ed assoluto che di volta in

volta determina ciò che dobbiamo o che non dobbiamo fare per vivere e far vivere. Mangia perché hai fame; bevi perché hai sete; riproduci dall'amore altri esseri giacché la grande massa ne abbisogna; uccidi, ma soltanto per nutrirti, per difenderti o per accoppiarti ...! E' un'infallibile tela intrecciata con tutti quei segmenti impre-scindibilmente necessari alla globale esistenza del pianeta. In altre parole: vita per la vita e morte per la vita. Solamente questa appare essere l'univoca finalità di tutti gli organismi dell'Universo. Potremmo addirittura definirlo come una specie di egoismo naturale, da cui scaturisca però un positivo ciclo di benefico altruismo verso il mondo circostante. La pianta, ad esempio, esegue per sua stretta esigenza quel complesso processo biologico che è la fotosintesi clorofilliana da cui si produce l'ossigeno che tutti respiriamo Ecco quindi cos'è il vero Amore, ossia quella sorta di cordone ombelicale che lega e fonde la moltitudine delle creature in una sincronica armonia di pace e di benessere. Insomma, siamo così tornati all'esempio del summenzionato orologio di forze equamente funzionali da cui ha origine il superiore equilibrio esistenziale!!!"
Mi sentivo come rapito, estasiato. . .Quel fertile profluvio di simboli e d'accezioni che fuoriusciva dalla mia bocca non era soggetto ad alcuna azione di controllo parte della. mia mente e della mia ragione. Ciò significa che mi trovavo

istintivamente avvolto in uno stato di galvanizzante mèsse intuitiva che mi rendeva incontrastato padrone della situazione. Allora accadeva che il potere psichico che esercitavo sulle cervellotiche protuberanze di tali miei colleghi, diveniva via via più saldo ed influente. Addirittura, era come se mi fossi sparso nell'etere per cui - alla stessa stregua di un soave e tanto delicato suono d'arpa - anch'io vibravo ora nell'aria. Forse ero veramente libero… sensazione questa che mi consentì di acquisire la comprensione di un ulteriore frammento di Verità. Capii che in natura nulla è esclusivamente materiale o spirituale, ma che tutto regna ad un livello di energia che solo con l'istinto è possibile percepire. Tale essenziale riflessione sfociò poi immediatamente nella ricca e sontuosa prosecuzione del sorprendente mio discorso. Cosicché, sulla scia di un sì dovizioso impulso estensivo, continuai dicendo: "Sono convinto che è unicamente grazie all'istinto che è possibile preservare e mantenere quel portentoso bene misterioso che è la Vita in se e per la miriade di realtà in essere. Voglio cioè dire che so avvertire il sublime Eden della Natura…Ma per sentire la suprema voce dell'istinto, ahimè, occorre possedere il giusto udito e la necessaria sensibilità- In caso contrario si rischia di divenire completamente sordi a qualsiasi istanza e richiamo esistenziali, avendosi poi conseguenze terribilmente esiziali e delittuose dovuta al compimento di azioni deleterie e irresponsabili volte alla distruzione ed all'annientamento del sistema. E' come se la Natura tenesse uniti a sè, mediante l'ubiquitario fluido istintuale, tutti i figli suoi adorati in una equivalente condizione di comparata sussistenza endogena. Ma un figlio, una rotella cioè, ha smesso di girare: l'Uomo, il quale ha cessato di ascoltare la voce dell'istinto. E, come un soffio di vento che ormai spira senza più alcuna direzione, egli sta ora vagando privo di qualsivoglia guida verso il baratro della fine; ed in tale tragica attesa non fa altro che riempire il siderale silenzio dell'agonia con fragorose e futili illusioni o con fittizie ancorché contorte evasioni (false religioni, filosofie, scienze sperimentali ed occulte, materialismo etc.). Cos'è dunque l'uomo? Un essere con un grado di sensibilità assai ridotto... Egli è come una bottiglia contenente pochissima acqua e tanto vuoto. Ebbene - signori - quel vuoto si chiama 'ragione', ovvero: non sentimento e non istinto! Ecco anche qual'é il loro esatto rapporto. Ragione ed istinto non sono altro che due poli assiali manifestamente asimmetrici; essi, insomma, rivelansi del tutto antagonisti giacché l'uno trae origine dalla mancanza dell'altro. Se nonché abbiamo il bene ed il male, l'amore e l'odio, l'esistenza e la non esistenza. . oppure, volendo usare una metafora, possiamo parimenti riferirci a quel paradigmatico dualismo simbolico rappresentato da Dio e da Satana!". Colsi a tal punto lo sfavillante sguardo del grande Schopenahuer il quale, evidentemente sollecitato da tale mia trattazione, subito fu spinto ad intervenire: "trovo davvero interessante la teoria secondo cui è da attribuire proprio all'assenza di sensibilità la nascita della ragione.

Conseguentemente si deduce che quando si è istintivi è come se si affidasse la propria consapevolezza all'Universo, mentre invece quando si ragiona si espleta un'azione contraria con la quale si affida la medesima consapevolezza al nostro arbitrio. . .situazione questa che poi finisce col generare una coscienza artificiale ed autonoma. Non solo, ma tutto ciò potrebbe altresì spiegare l'affascinante arcano del sogno.

Si sa che nell'uomo vigono due diversi stati percettivi: la coscienza e l'incoscienza! Quando siamo svegli avvertiamo coscientemente ogni sorta di stimolo che proviene dalla realtà circostante, verso cui ci troviamo quasi interamente proiettati. Ma allorché dormiamo, noi sprofondiamo nell'interiore oceano dall'inconscio, come regredendo verso forme di vita recondite ed ancestrali. Ci si abbandona pertanto in un intenso gorgo di emozioni, ricchissima fonte di cullanti esperienze esplorative infinitamente pregnanti e vivide (molto più che da svegli). Esse sono cioè talmente sentite ed incisive da far pensare a delle pure sensazioni istintuali. Il sonno può definirsi allora un'evasione inconscia dal mondo esterno, composto da ridondanti forme ed apparenze filtrate dalla nostra limitante soggettività; evasione tesa ad un catartico ritorno alla spontaneità naturale e alla dimensiona cosmica d'Assoluto. Tale viaggio a ritroso, che lo stato di sonno compie all'interno della nostra configurazione inconscia, giunge così a liberarci da quei ristretti vincoli della carnosa nostra individualità che tanto ignobilmente va fuorviandoci. Si perviene quindi ad una sintonica condizione d'incantevole oggettività, in virtù della quale è possibile portare a prosperosa lievitazione la propria anima sin'oltre gli augusti confini dell'IO'. Ora però sono costretto, dall'inesorabile logica di un simile ragionamento, a sviluppare ineludibili passaggi analogici che pure in passato ho talvolta azzardato ad elaborare per maturare una soddisfacente sintesi cognitiva. Devo asserire, in sostanza, che lo stato di sonno può essere equiparato a quello infantile, giacché anche in tal caso l'individuo vive maggiormente di impulsi. Purezza questa che viene però smarrita nella successiva fase di crescita, allorquando più serrato e coattivo diviene l'errato condizionamento sociale e il malato organo chiamato ragione si sviluppa sempre più. A questo punto concludo dicendo che da svegli si è imperfetti poiché razionali, cioè 'uomini' , mentre invece dormendo ci troviamo ad essere perfetti poiché istintivi, cioè 'animali'- Ecco allora che l'alto conseguimento di un positivo sviluppo in senso naturale comporterebbe per l'uomo il raggiungimento dello stato animale, ossia di un completo equilibrio onirico"

Dopodiché mi guardò, volendo così sottintendere che era giunto nuovamente il mio turno; ed io infatti continuai: "Esatto! Ma per assicurarsi la conquista di un tale importante obiettivo, l'uomo deve assolutamente rinunciare alle arroganti sue presunzioni ed a quella sfrenata curiosità che lo contraddistingue e muove sino in fondo al raccapricciante baratro della follia. A lui, infatti, è dato sapere soltanto ciò che gli è utile sapere. Deve perciò dotarsi di molta obiettività onde poter discernere con giusto senso logico il campo del concreto da quello dell'incontro, quanto ci compete da quanto, al contrario, esula da ogni vitale competenza- In altre parole è indispensabile che avvenga l'accettazione concettuale del limite umano, da cui possa felicemente germogliare l'umiltà e l'amore verso tutto ciò che ci circonda. Un sentimento egualitario ed quo percepibile nei confronti dei nostri fratelli, sia essi uomini che animali oppure piante e pietre, finalmente uniti da un omogeneo cordone ombelicale legato al ventre della comune madre generatrice e creatrice: la Natura! *Ecco* spiegato dunque, signori, cosa esattamente intendo per 'perfezione'... l'abbandono istintivo a quella immensa realtà sublimante che solo vivendola si può amare e comprendere: la verità vissuta, non capita. E ciò, infine, rappresenta l'innesco di quel sommo processo redentore che è la Naturalizzazione!!!.

Enorme clamore destarono tali miei singolarissimi concetti, cosi strani ed invitanti.

Ognuno parlottava enfaticamente, con l'altro, approvando o condannando le mie tesi. Accadde, inoltre, che il non più corrucciato volto del cardinale sembrò insperatamente preludere ad un saggio superamento di qualsivoglia ostilità nei miei riguardi. Ed in effetti egli prese a dispiegare degli esili, eppur lucenti, segni di rassegnati quanto amichevoli sorrisi.

Da parte mia devo riferire che avvertivo alcune catartiche sensazioni di profondo appagamento interiore, che posso sicuramente paragonare ad una sorta di vero istinto 'animale'.

Ragion per cui, risultando oramai conclusa la filosofica mia trattazione, mi alzai nell'intento di congedarmi da quell'attonita e meditabonda compagnia. Ma in quel preciso momento fui irreversibilmente trattenuto dalla possente voce del dottor Richet, noto medico di Parigi, il quale così interloquì: "Mi scusi, Signor Nicanders… Ho notato che nella sua bizzarra dissertazione ha menzionato come giustificabili unicamente quelle morti che lei definisce necessarie alla vita, ossia la morte per nutrizione o per difesa… Quindi ha escluso a priori la morte per malattia. Allora, vorrei chiederle come mai!?"

Trovai oltremodo stimolante una simile domanda, anche parchè veniva a colmare una lacuna logico-connettiva assai determinante. Sicché replicai, spinto da un'entusiastica pulsione: "Ebbene, io sostengo che in natura la malattia non ha ragione di esistere. Ciò in quanto in un orologio ben funzionante non può esservi squilibrio alcuno, ossia: malattia. Possono al limite verificarsi al suo interno delle azioni contrastanti, come ad esempio nascita e morte, ma necessarie al mantenimento del complessivo stato funzionale- In altre parole voglio dire che il bene ed il male, ugualmente contrapposti su una ipotetica bilancia, generano una condizione di perfetto equilibrio statico che risulta essere 'Bene', o, se volete, possiamo prendere quale riferimento traslato quello della polarità di una pila voltaica, ove l'opposizione di due elementi naturali genera vita. Ne consegue che ogni forma di alterazione di questo equilibrio origina il 'Male'. Ritengo pertanto che le malattie non sono altro che il contorto frutto della ragione umana, cioè dell'odio e dunque del male. Mi interruppi a tal punto poiché avevo intuito che l'eminente rappresentante della Chiesa Cattolica mostrava la palese intenzione di introdursi in quella vivace e ricca conversazione. Egli infatti disse: "Le sue teorie sono indubbiamente improntate ad un Naturalismo di gran lunga più estremista di quanto si sia mai inteso sino ad oggi! Debbo però confessarLe figliolo, che trovo particolarmente indigesta l'idea di poter essere sbranato da un leone assai famelico. Già-.. mi sembrerebbe un grave peccato di Dio trasformare la mia anima ed il mio cervello in una sanguinolenta leccornia. E, comunque, resta sempre il fatto che l'uomo, proprio in virtù del suo intelletto, riesca sempre ad avere la meglio anche su un leone affamato!!". Rimasi, invero, enormemente deluso e infastidito da quella stupidissima ed insipiente affermazione. Ciò nonostante proseguii il mio discorso, senza scompormi minimamente: "Mi compiaccio davvero della sua spiccata perspicacia... tuttavia penso, in tutta onestà e franchezza, che se diamo per acquisito il diritto di mangiare non possiamo assolutamente non riconoscere il corrispondente dovere di essere mangiati! Ciò non costituisce comunque vergogna alcuna, nè un segno di debolezza, di inferiorità, oppure una crudele cattiveria... Essa è, appunto, una imprescindibile legge della Natura. Sicché, dovete convenire con me che non esiste il 'lupo cattivo e che il leone non odia affatto la zebra che sta mangiando in quanto lei non è altro che il preziosissimo cibo necessario alla Vita!". Scrutai per un attimo il volto del prelato, che mi apparve inequivocabilmente urtato e contrariato per effetto di quelle ulteriori scudisciate che la mia lingua aveva violentemente sferzato su di lui. Ma a tal punto fui come ri- chiamato all'ansimante attenzione della sala da un sommesso e delicato colpo di tosse emesso dal grande Maestro. Schopenhauer, infatti, con questa sorta di tacito stratagemma mi esortava ad ultimare la mia esposizione. Così mi concessi una breve sosta per riprendere fiato e idee, dopodiché continuai dicendo: "Vi prego, Signori, di consentirmi la conclusione, ormai prossima, di questa mia atipica teoria, e soprattutto a Lei, Sua Eminenza, rivolgo tali mie finali considerazioni... Quindi l'uomo, animale intelligente, sfugge al famelico leone, uccidendolo col suo ingegnoso fucile! Ma a questo punto vi chiedo se avete ben presente l'elementare, nonché ferrea, struttura di una catena... Ebbene, voi sapete perfettamente che essa è composta da tanti anelli congiunti l'uno all'altro sino a formare una ordinata sequenza che adesso, per esigenze di maggiore comodità esemplificativa, immaginiamo essere chiusa a cerchio. Supponiamo poi, sempre convenzionalmente, che ogni anello stia a rappresentare una distinta specie del mondo della Natura e riesaminiamo pure il caso dell'Uomo che si sottrae, ammazzandolo al suo predatore. Inevitabilmente accadrebbe che quest'ultimo non avendo più la sua preda si estinguerebbe nell'arco di un non troppo lungo lasso di tempo, trascinando così all'estinzione anche quelle specie interdipendenti che gravitano attorno alla sua esistenza e che si nutrivano di lui. Alla fine, espandendo un simile concetto, si giunge all'inesorabile estinzione di tutti gli anelli della catena universale ad eccezione dell'uomo. Ma

quale vantaggio sarà così riuscito ad assicurarsi? Ahimè, soltanto quello di essere stato l'ultimo a morire. Ed allora, miei dotti e sapienti colleghi, fino a. che punto ritenete intelligente colui che sbatte ripetutamente il capo contro un ammasso di spine, prolungando in tal modo la sua agonia sino a perire tra inenarrabili strazi e sofferenze?!!".
Non aggiunsi altro e mi recai direttamente verso l'uscita guardando per l'ultima volta quegli stolti individui che non avrei mai più rivisto nella mia vita- C'era soltanto una persona che desideravo intensamente salutare e ringraziare per la sua magistrale presenza, ma che non notai più all'improvviso giacché, quasi misteriosamente, era scomparsa come nel nulla. La poltroncina ove sino a qualche istante prima sedeva il saggio Schopenhauer, infatti, or presenta vasi spiacevolmente vuota. Pensai allora, supportato da un certo senso di sconforto, che lui potesse essere andato già via senza ch'io lo scorgessi poiché intento ad illustrare la mia tanto ostica filosofia. Riuscii a consolarmi soltanto più tardi, allorché mi convinsi del fatto che averlo incontrato, ed aver così potuto convergere con i mirabilissimi suoi insegnamenti, era sicuramente un prestigioso e incoraggiante segno del destino che lo aveva reso li quel giorno quasi padrino ufficiale della mia teoria.

CAPITOLO XIV

QUELLO STRANO TEMA

I mesi, i giorni, le ore ed i minuti si susseguivano oramai sempre più rapidamente. Non riuscivo a comprendere perché la dimensione temporale sembrava aver innestato una vertiginosa accelerazione di marcia quanto mai precipitosa e inarrestabile. O forse dipendeva esclusivamente da me, animale assai imperfetto, l'incapacità di non saper fruire l'immanente cronologia esistenziale che solo calandosi nel presente è possibile cogliere appieno. La detestabile ingordigia umana infatti, porta gli individui ad appropriarsi indebitamente anche del tempo, conducendo la loro mente ad occupare ed ipotecare quella inesplorabile incognita che è il futuro.

Fenomeno questo che finisce poi col determinare una sorta di evaporazione del "reale" a tutto discapito dell'unica opportunità che abbiamo di percepire la Vita nell'attimo stesso in cui essa sta penetrando la nostra carne, i nostri respiri e palpiti.

Ma il mio presente significava essenzialmente Gerard, il quale aveva ormai compiuto 16 anni. Ero, come sempre, molto preoccupato per lui dal momento che il suo livello di sensibilità era aumentato notevolmente. Ciò aveva dunque accentuato ed acuito il suo distacco dagli altri, facendolo rinserrare in un vorticoso abisso di siderale silenzio. Ed è proprio a causa di tali avvilenti nonché funeste sue condizioni che Greta ed io continuavamo a sopportarci, limitandoci semplicemente a convivere nella quasi totale indifferenza.

Una sera accadde qualcosa che segnò in maniera profonda ed indelebile il complesso assetto della mia spiritualità, già massicciamente protesa, poiché ebbi modo di scoprire alcune imponderabili realtà intrinseche dell'animo di mio figlio. Ricevetti infatti l'inattesa visita dell'istitutore che avevo assunto per lui, il quale recava in mano un pallidissimo foglio tutto arrotolato che agitava nervosamente. Egli mi riferì quindi, con un'espressione alquanto mesta e titubante, di aver notato nel ragazzo delle qualità percettive incredibilmente uniche e strabilianti. Dopodiché mi consegnò quel foglio, invitandomi a leggerne il contenuto. Vidi allora che si trattava di un tema dal titolo: "Esprimi i tuoi giudizi e commenti sulla morale contemporanea". Iniziai a leggerlo, come rapito, e qui lo trascrivo per consentire una più esatta conoscenza della presente narrazione: "Preciso innanzitutto che è già da molto tempo che osservo e scruto gli uomini, la loro morale ed il delicato rapporto che li lega al mondo intero. A malincuore devo però dire che i miei commenti a tal riguardo risultano essere alquanto negativi e deludenti. Avverto, in sostanza, una totale carenza di Amore e di Fratellanza; concetti questi i quali, pur divenendo spesso pomposi motti patriottici e religiosi, restano poi soltanto delle belle parole e null'altro. Allora, mi ritrovo a parlare abitualmente con me stesso e solo così io scopro l'esistenza di un vero amico pronto ad ascoltarmi e ad aiutarmi.

A costui chiedo, bramoso, qual'è la vera identità degli uomini e quale volto essi assumano al cospetto di Dio, ma la sua somma voce sempre mi tacita in questo modo: «Aspetta e capirai... Aspetta e capirai!». L'altro giorno mio padre mi concesse di andare ad una festa in casa di amici e lì accadde qualcosa di veramente straordinario. Si stava parlando e dialogando allegramente quando ad un certo punto calò un buio assoluto e pervadente; il fatto incredibile era che quel buio valeva solo per me. Poi, dopo alcuni istanti, ricomparve la luce e cominciai così a vedere i volti degli invitati che si trasformavano, ognuno assumendo un aspetto mostruosamente contorto, mentre atroci urla di sofferenza si sprigionavano dalle loro bocche. All'improvviso tutti si voltarono impietriti verso di me e presero ad accerchiarmi in modo minaccioso. Io ero letteralmente terrorizzato da quei deformi esseri, per cui osservavo circospetto i loro movimenti. Quando poi questi mi furono vicini dissi, gridando con vigoroso impeto ed incontrastata padronanza, una frase in latino (che non ricordo più) in seguito alla quale tutti si bloccarono a comando. Dopodiché sopraggiunse

nuovamente il buio e, col ritorno della luce, i loro volti si normalizzarono. Di questa sconcertante vicenda ricordo soltanto la forza dell'intenzione e la sensazione di certezza che mi spinse a dire quella frase. In quel momento sapevo di combattere contro il mondo e contro tutta la sua fetida cappa di vile malvagità. Successivamente chiesi al mio strano amico spiegazioni di quanto accaduto, ricevendo però la medesima ermetica risposta: «Aspetta e capirai… Aspetta e capirai!».
In conclusione, sono sicuro che la morale dell'uomo è stata gravemente danneggiata e deturpata, ma che con un'esplosiva carica d'Amore è possibile rimettere le cose al posto prestabilito".
....A questo punto Hans Ernest, che con estremo interesse ascoltava la lettura di quell'importantissimo diario, cominciò a sentirsi poco bene. D'un tratto avvertì come una vertigine, mentre un indefinito stato obnubilante giunse ad annebbiargli vista e pensieri. Accortosi di questo, il nonno si precipitò accanto a lui per soccorrerlo circa quello strano malessere. Non poteva certo immaginare che tale turbamento del nipote era da collegare al tema udito, perfettamente identico a quello che proprio Hans Ernest aveva svolto in classe poco tempo prima.
Quando poi il giovane si fu ripreso dalla sconcerto poté spiegare tutto al nonno, trasmettendogli inevitabilmente analoghe sensazioni di stupore. Rimase assorto e perplesso per alcuni istanti senza

fine... stava probabilmente seguendo un invisibile filo logico mentale che lo condusse fulmineamente a delle sagge conclusioni e decisioni. Al termine di una simile ponderazione egli infatti disse che, stando così le cose, si imponeva il doveroso proseguimento della lettura di sì misterioso diario...

CAPITOLO XV

UN MESSAGGIO DI MORTE

...Quel tema mi scosse profondamente! Le Sue parole risultavano essere copiosamente infuse d'una incommensurabile naturalità. E poi, quell'esperienza alla festa... com'era mai possibile che fosse accaduta una cosa tanto arcana ed incredibile? Rimasi oltremodo sconcertato, turbato, addirittura quasi inebetito. Non sapevo infatti come comportarmi, eppure era chiaro che qualcosa dovevo pur fare. Sicché, dopo aver rimuginato a lungo sulla questione, non trovai altra soluzione che quella di dialogare con mio figlio. Anche perché l'apprendere che lui era infelice aveva purtroppo generato in me il dubbio di non essere un buon padre; evenienza questa più che mai catastrofica e desolante..!

Ma a ciò coincise lo scatenarsi di un funesto succedersi di aventi il quale andò a rovesciarsi assai furiosamente sul già straziato assetto mio vitale, infierendo con crudeltà estrema sulla mia anima. Di li a poco Gerard si ammalò di tubercolosi ed il suo stato fini col peggiorare molto rapidamente. Poi venne quella notte... quella terribile notte in cui lo sentii tossire più insistentemente del solito, quasi a convulsione. Allora chiamai subito Greta e ci precipitammo nella sua stanza. Ahimè, non potrò mai dimenticare la cupa soavità della scena che si presentò dinanzi ai nostri occhi Gerard giaceva seduto, col capo delicatamente adagiato sulla scrivania. Una sorta d'aureolato candore pareva emanarsi dalla smagrita sua figura, tanto da darci l'estrema illusione di un benefico sonno ristoratore. A tal punto, però, una gelida sensazione d'angoscia irruppe tra le piagate membra del mio corpo ed un convulso gemito di dolore violentemente trafisse il cuore mio reciso: Gerard era morto! Già, proprio così... L'inappellabile profilo del tempo aveva ormai segnato sullo spietato volto della Realtà quest'altro orrendo epilogo esiziale!

Trascorsero alcuni interminabili istanti di assoluta e totale paralisi, sia emotiva che fisica, in cui nemmeno l'acuminata tetraggine della bruciante mia sofferenza riuscì ad evitare il globale arresto d'ogni mia funzione esistenziale. Poi, inavvertitamente, ebbero a verificarsi dei movimenti quasi automatici che interessarono le divelte parti di me: dapprima le gambe, che all'improvviso mossero dai fermi passi in direzione del mio piccolo amore; successivamente le braccia e le mani, le quali provvidero a sollevare teneramente il capo: A questo punto scorsi sotto di esso un foglio tutto insanguinato. Fu proprio allora che Grata cadde priva di sensi sul divano ivi collocato. Custodii tale prezioso lembo di carta assai gelosamente poiché ero certo che quelle penose macchie di sangue celassero un importante messaggio, scritto da mio figlio poco prima di esalare l'ultimo respiro.

Alcuni giorni dopo, ripresomi dal terribile evento del funerale, tornai ad esaminare quel foglio, scoprendo sorprendentemente che sangue e scrittura erano come magicamente scomparsi. Vi si leggeva soltanto una frase latina ed una numerazione la quale faceva presumere trattarsi di una specie di tabella. Essa si presentava esattamente così:

'OMNIUM CONSENSU DESCRIPTIO AD REDITUS STATUM NATURAE'

I)

II)

III)

IV)

V)

VI)

VII)

VIII)

Lo scompenso che mi produsse tale avvenimento fu troppo grande per non condizionare in me una qualche svolta immediata e radicale. Ciò significa che non potei fare a meno di decidere di lasciare definitivamente Parigi per Stoccolma.

Mi era ormai impossibile, infatti, accettare una vita sì pomposamente inutile ed improduttiva; nè sarebbe stato concepibile restare accanto ad una donna che non stimavo affatto. Istintivamente compresi che solo il saggio e maturo perdono dei miei cari amici avrebbe potuto consentirmi di esistere, riempiendo quel raccapricciante vuoto abissale che aveva cagionato in me la tragica morte di Gerard. Così, quella stessa notte (ottobre 1828), presi tutto quanto potesse occorrermi ed iniziai il mio lungo viaggio di ritorno. A Greta, ovviamente, avevo lasciato una lettera con cui spiegavo le motivazioni di tale drastica decisione. Il suo contenuto era indubbiamente di addio, pur conservando un affettuoso spirito costruttivo dovuto al fatto che era stata pur sempre la madre di mio figlio.

La diligenza prelevò così quella misera carcassa che ero e s'inoltrò nelle compatte tenebre, scomparendo ben presto tra le ventose fauci di un'oscurità particolarmente gelida e penetrante. Mi accompagnava, come al solito, una tempestosa sequela di pensieri e di ricordi cupi; spiccava, tra tutti, la tanto adorata immagine di Gerard. Altri spazi della mia mente venivano saltuariamente occupati da vorticose rimembranze infantili, nonché dallo squassante fascino di quel foglio pallido e misterioso. Era tutto così strano ed incredibile!

Riflettei anche sul fatto che erano ormai trascorsi circa 23 anni da quando avevo compiuto a ritroso quello stesso viaggio; un'andata piena di stupide illusioni cui faceva riscontro un ritorno assai contrito alla ricerca del "perdono". Rivedevo la passata scena di quella tragica partenza in cui paradossalmente, il medesimo protagonista che ora piangeva, dietro i lacromosi vetri di un'anonima carrozza, impersonava allora il ruolo di un emerito vigliacco. Ricordavo con accentuata angoscia la disperata corsa di Far, il quale voleva soltanto manifestarmi il suo sincero ed infinito affetto; e poi Erik, Olle, i signori Dalen... Insomma tutta la mia stupenda famiglia, che con profondo amore mi aveva accolto e con immenso dolore mi aveva invece perduto: Più che ingiustificabile era stato il mio comportamento, considerato anche che li avevo infine ripagati senza concedergli nemmeno l'onore di un saluto. Mi resi conto che nutrivo un incontenibile bisogno di abbracciarli. In questo modo avrei sicuramente espulso quella parte di me che da 23 anni stava putridamente marcendo proprio come una carogna al sole. Ed io notai che più le ore passavano, accorciando geograficamente le distanze, più tale flebile bagliore di speranza andava ispessendosi. Conseguentemente accadeva che il mio cuore si impregnava d'un denso alone di nostalgica malinconia.

C'è altresì da constatare che l'intenso desiderio di quel sacro incontro riuscì ad attenuare la enormi fatiche del viaggio.

Dopo circa due settimane di marcia, alternata a soste ritempranti effettuate nelle varie locande che incontravamo lungo il cammino, giungemmo a Copenaghen. Da li mi imbarcai poi su un battello, attraversando finalmente lo stretto per approdare in

Svezia. Ma Stoccolma appariva, purtroppo, ancora molto lontana: Dal porto di Malmo, infatti, mi occorse un'altra settimana per raggiungere la mitica e tanto sospirata meta. Ero davvero emozionato... Udivo solamente le rimbombanti pulsazioni del mio cuore mentre immetteva sin dentro i cerebrali anfratti una sorte di fulgido riflusso sentimentale. Quando entrai poi a Stoccolma avvertii la stessa gioia di un bambino che teneramente torna al seno della propria madre. La città era avvolta da un candido velo nebbioso, i cui soffusi sprazzi di luce emanavano delle sensazioni quanto mai irreali e fisse; effetto questo che contribuiva, appunto a creare nell'intorno una innata atmosfera di soave incanto! D'un tratto mi accorsi anche che una piccola parte di me già cominciava a risorgere, per cui percepii in maniera più che mai insistente il desiderio di rivedere i miei cari. Allora mi precipitai nella prima carrozza che incontrai per dirigermi verso la casa dei Dalen.

CAPITOLO XVI

IL RITORNO

Il ritmico scalpitio dei cavalli rintuonava fin dentro i più reconditi meandri del mio cuore al pari del cadenzato suono di una campana a festa. A ciò si aggiungeva l'ansia, addirittura acuta e fonda, di scorgere da un momento all'altro la vecchia dimora della mia gioventù. E poi, come d'incanto, ecco finalmente sorgere alla mia vista quella casetta tanto adorata…

Tutto, all'apparenza, mi sembrò essere nelle esatte condizioni del giorno dell'infausta mia partenza, trasmettendomi l'impressione che il tempo non fosse mai trascorso! Il giardino stesso si presentava assolutamente immutato in ogni sua tinta, armonia, fragranza e floreale disposizione. Lo traversai quasi in punta di piedi, per evitare il rischio di calpestarne un solo filo d'erba, e dopo giunsi dinanzi all'uscio. Qui aspettai ancora qualche istante prima di decidermi a bussare; all'improvviso, infatti, fui assalito da una sorta di angosciante paura per le inevitabili incognite che avrei potuto scoprire varcando quella soglia. Soltanto allora mi rammentai del fatto che molti anni erano ormai intercorsi e che dei cambiamenti, rispetto alla situazione nota, dovevano essere senz'altro avvenuti all'interno di quelle mura. Ad ogni modo, il mio ardente desiderio di riscatto mi fece superare anche queste ultime esitazioni ... per cui bussai! Seguirono alcuni attimi d'interminabile attesa, in cui percepivo unicamente il sordo fragore del mio respiro. Dopo un pò udii un lento sopraggiungere di passi ed il rumore della porta che si apriva. Mi comparve allora la radiosa immagine della signora Dalen, la quale mi abbracciò immediatamente col suo consueto slancio affettivo. Ciò valse a rinfrancarmi e fui veramente felice di assaporare il caldo tepore delle mie lacrime, liberandomi così di tutto quel gravame spirituale che offuscava il nucleo della contrita mia coscienza. Successivamente mi invitò ad entrare; occasione questa che favorì l'avvio di una fruttuosa conversazione. Appresi dunque che il marito si era recato al mercato e che invece, con mio sommo dispiacere, Erik ed Olle non vivevano più lì. Si erano trasferiti infatti sul monte Tjidtdak allo scopo di stare vicini ai genitori di Olle, ormai malati. Poi venne il turno delle mie confidenze. Aprii allora tutto me stesso a quella donna così buona e saggia che tanto rappresentava per la mia vita... ed ella ascoltò con religiosa partecipazione emotiva. Piansi ulteriormente, ma questa volta insieme a lei. A tal punto arrivò il signor Dalen, il quale, visibilmente sorpreso e compiaciuto si avvicinò a me per abbracciarmi. Ci scambiammo notizie, sentimenti, godendo poi tutti insieme quei bellissimi momenti di idilliaca convergenza. Ad un tratto, però, avvertii un vuoto atroce e trafiggente che s'era marcatamente annidato a mò di ferita all'interno del cuore mio straziato. Mi riferisco a Kabi e Far, che giammai avrei più rivisto. Un compatto velo di tristezza andò allora ad adagiarsi sulla configurazione mia dimensionale, opacizzando in maniera quasi impenetrabile l'anima mia gemente. Mi alzai dunque, come d'impulso, onde portarmi alla finestra ad osservare quell'immacolato angolo di giardino ove un tempo essi dimoravano. Ma, ahimè, in luogo delle adorato cucce scorsi due funeste croci. Oh, crudele realtà! Uscii lentamente, con addosso una pesante e spessa cappa di amarezza frammista a disperazione... Poi colsi dei fiori per cautamente poggiarli sulle mute tombe, implorando il loro sublime perdono. E di li a poco, invero, mi sembrò di sentire dei sommessi guaiti di gioia provenienti dalla nuda terra. Volli così sperare d'essere riuscito a far comprendere loro che veramente autentico e sincero era la genesi del mio pentimento. Volli altresì sperare in una loro somma ed eccelsa indulgenza nei miei confronti. Tale sensazione, infine, qualificò maggiormente il mio dolore per Gerard, verso cui giunsi a percepire un più stretto ed indissolubile legame spirituale! Forse le loro tre anime erano lì insieme a giocare. I signori Dalen si mostrarono squisitamente ospitali, ragion per cui non potetti fare a meno di trattenermi ancora presso di loro. Pertanto, ogni giorno trascorso accanto a quelle care persone equivalse ad un gradino espiativo verso il raggiungimento della pace interiore. Nel frattempo mi dilettavo spesso ad aiutarli nei lavori dei campi, riscoprendo il genuino gusto della vista agreste. La sera si cenava a lume di candela e, proprio come un tempo, si discorreva circa l'esito della giornata appena conclusa. Stavo man mano ritrovando la mia identità, anche se dovevo indubbiamente impiegare il resto dei miei anni in un duro lavoro di pulizia e di profondo ravvedimento... Solo così avrei potuto accettarmi! La felice condizione dei coniugi Dalen, del resto, era la palese dimostrazione di come sia benefica e creativa un'esistenza vissuta all'insegna dell'onestà e dell'amore; presupposti ideali per un'ottima salute ed una altrettanto ottima vecchiaia.

Rimasi insieme a loro per circa sette mesi, dopodiché troppo forte e prorompente si fece il bisogno di ricongiungermi ai miei amici. D'altro canto, però, non ritenevo giusto abbandonare i miei cari genitori adottivi, per cui proposi loro di trasferirci tutti in montagna. Ma essi, purtroppo, non accettarono giacché avevano trascorso l'intera esistenza in quel luogo ed in quella casa e non avrebbero potuto vivere altrove; tanto più ad un'età ormai avanzata. Decisi allora di intraprendere da solo tale ennesimo viaggio, con cui speravo di poter finalmente raggiungere il sospirato "paradiso".

Dunque partii ... Le strade erano particolarmente sconnesse e brulle. Soltanto la vista di una natura superlativa e di paesaggi che avevano del fiabesco annullava il disagio della corsa. Stavo vivendo la mia ultima avventura!

CAPITOLO XVII

LA VOLONTA'

Fugaci frammenti del mio passato, sotto forma di immagini e sensazioni, permeavano gli incessanti miei pensieri, mentre proseguivamo a ritmo del serrato rumore degli zoccoli e delle ruote della diligenza. Tutto assumeva toni e sapori di una instancabile melodia, parodiando in maniera quanto mai incantevole e portentosa un vero brano operistico. Ma una siffatta comparazione m'indusse a chiedermi cosa ne fosse stato della mia musica e della mia arte. Veramente buffo... Sembrava quasi che la sorte aveva voluto divertirsi a nutrirmi con un miraggio di passione, sufficiente a distrarmi ed a farmi errare. Si, in fondo mi consideravo più un filosofo che un musicista, anche se la società mi aveva classificato diversamente. Avevo infatti l'impressione di essere l'occasionale protagonista di una commedia in tre atti: nel primo vi era narrata l'opera di costruzione della mia vita, nel secondo quella della insana distruzione e nel terzo quello del lento e difficilissimo recupero. E la musica apparteneva purtroppo al secondo di questi atti, benché ugualmente io continuassi ad amarla poiché era l'unica in grado di aiutarmi a mantenere in essere quella parte di me che è dolce culla di "emozioni". Oh... meraviglioso risveglio del mio cuore, ch'io sentivo vibrare adesso all'unisono col resto d'Universo! C'è da domandarsi a questo punto, quale sinfonia sarà mai più bella e più completa di quella generata dalle emozioni. Da tutto ciò, inoltre, prende incredibilmente corpo una fantastica realtà frammista a sogno, in cui ogni cosa pare oltremodo magica ed allettante. Ci si pone così all'ascolto dei sensi i quali suonano arie sublimi e assai soavi onde farti godere i fasti prodotti dalla miracolosa fusione di amarezza e gioia, lacrime e sorriso.

Mi figuravo l'esistenza di due strade: una piena di ostacoli e insidie, l'altra invece fluida e scorrevole come il vento. Parlo cioè del destino, che io vedo appunto come una via preordinata da Dio (dalla natura o matrice del Creato che dir si voglia). Concetto questo che poi ritorna al centro della mia filosofia, riferendosi quindi all'istinto. Già, è proprio esso infatti il sentiero scevro di pericoli; l'ameno sentiero cui si può accedere soltanto in virtù di un totale abbandono sentimentale. In caso contrario, ovvero opponendosi col raziocinio a tale disegno supremo, si imbocca la seconda via e si finisce in balia degli immani strazi che essa comporta. La logica conclusione di questa sorta di sillogismo può dunque essere la seguente: destino o contrasto sono sinonimi, rispettivamente, di istinto e ragione- Ciò quale espressione causale di bene e male, ossia di equilibrio e di squilibrio. Ma cosa determina la scelta effettiva? Varie volta mi ero trovato dinanzi ad un simile interrogativo senza essere però mai riuscito ad addivenire ad alcuna sensata risposta esaustiva. Ebbene, questa agognata soluzione ideale si prospettava ora improvvisamente all'assetata sfera mia cognitiva in tutta la sua chiarezza ed evidenza: la volontà! Non potei non convincermi dal fatto che è proprio la volontà ad esercitare un ruolo fondamentale nella definizione di qualsivoglia soggettivo orientamento. Il che vale ovviamente solo per gli esseri imperfetti, ai quali è data una tale peculiarissima facoltà opzionale.

Il complesso mosaico del mio sapere aveva quindi acquisito un altro importantissimo tassello dello scibile, ossia quello relativo all'ambiguo segreto della volontà. Essa possiamo definirla infatti una sorta di "elasticità" che la Natura ha concesso a quegli esseri i quali hanno deviato dal corso prestabilito, al fine di far poi ritrovare loro il giusto cammino. La si può anche raffigurare al pari di una mano nell'atto di tendere una molla. La stessa, cioè, può continuare a tirare la molla in questione o lasciarla tornare al suo stato iniziale. Ad ogni modo, se la sua funzione risulta fondamentale per una molla in tensione non lo è certamente per una che sia in stato di riposo. Voglio dire, in sostanza, che la Volontà (come pure il conoscere) serve unicamente a chi ne ha bisogno. Essa è la valvola che apre e che chiude il condotto verso la "perfezione". Ecco perché coloro i quali si trovano in una condizione di perfezione non hanno alcuna necessità di indagare e scoprire dal momento che, appunto, già sanno. Tale concetto lo si può sintetizzare inoltre mediante un semplicissimo assunto, ovvero: il mezzo occorrente per arrivare ad una determinata mèta non occorre più allorquando quella mèta la si è già raggiunta. Ad un animale o ad una pianta, ad esempio, non serve la Volontà per scegliere, conoscere, capire ed interpretare la vita giacché sono perfetti. La Ragione trae invece origine da cause completamente opposte e rappresenta l'artificio proprio di un essere tanto imperfetto qual'è l'uomo, che da sempre è proteso al superamento di ogni suo limite ed ambito naturale. Sicché la ragione viene a configurarsi come una forza contraria che tende la molla con la complicità di una cattiva volontà. Così, più si ragiona e più ci si allontana dalla meta prefissata sollecitando pericolosamente la resistenza della molla stessa fino ad un livello di massima tolleranza, oltre il quale si verifica l'inesorabile rottura. Quel viaggio, insomma, stava rivelandosi veramente balsamico e creativo giacché venne ad aprirmi in modo misterioso le sterminate frontiere della Cognizione. Ogni tratto di strada corrispondeva, infatti ad un raggio pieno di luce che interveniva a schiarire il mio tenebroso deserto esistenziale. Ad un certo punto, proprio nel bel mezzo di tale inebriante mio stato del cogitare, sopraggiunse alla mia mente l'impetuoso motivo di "L'Addio", uno dei miei brani di maggior successo.

In esso si trovava gelosamente custodito tutto il dramma causatomi dal brutale distacco dai miei fraterni amici.

Oh... era davvero commovente accompagnare la vista di quelle fantastiche foreste di conifere e latifoglie con una si poetica melodia... Mi sembrava di essere totalmente immerso in uno di quei sogni dai quali, potendo, non ci si sarebbe più risvegliati! Dovettimo trascorrere vari giorni di cammino prima di giungere ai piedi della montagna, iniziando così l'ardua scalata. Il sentiero appariva difatti particolarmente irto e scosceso, per cui i cavalli arrancavano con estrema fatica su per i pendii impervi. Sulla base delle indicazioni fornitemi dai Dalen in riferimento a quelle contenute nella lettera scrittagli da Olle ed Erik, la loro fattoria doveva trovarsi in una valle situata in cima al monte.

L'approssimarsi del nostro incontro destava in me una serie di prorompenti ed incontenibili emozioni. Non potevo fare ameno di chiedermi, con una certa palpitazione d'animo, in che maniera mi avrebbero accolto e se fossero stati disposti a. perdonarmi.

Ad un tratto udii il cocchiere fermare improvvisamente la carrozza ed esprimere l'opinione secondo la quale potevamo essere arrivati a destinazione. Allora cominciai a guardarmi attorno per appurare se ciò rispondesse al vero...

CAPITOLO XVIII

L'EDEN

Sicché scorsi a me dianzi una grande vallata, in fondo alla quale spiccava l'umilissima imponenza di un ridente cascinale. Non poteva essere che quello! Congedai dunque il cocchiere per dirigermi verso l'agognata mèta. Ad un tratto vidi due uomini che uscivano dal casolare, e che iniziarono a tagliare del legname. Mi fermai allora ad osservare poiché, nonostante la distanza che mi separava da loro, ebbi come l'intuizione che si trattasse proprio dei miei amici. E difatti, trascorso qualche altro istante di attento studio dei loro movimenti mi convinsi che erano Erik ed Olle. A tal punto accadde che in tutto il mio corpo e nella mia anima. riprese a vibrare la dolce armonia del medesimo brano musicale che già beatamente avea costellato il duro mio cammino. Adesso, però, ogni sua nota era struggentemente modulata da una catena di lacrimali stille che m'imperlarono il volto. Provai la forte sensazione di aver concluso un ciclo, di esser cioè tornato (dopo un lungo periodo) al punto di partenza. Un inizio, una fine c poi un nuovo inizio..!   Il cerchio della vita e della natura, in sostanza, aveva finalmente riassunto, in seguito ad una temporanea stortura, la sua normale forma geometrica. Proseguii la discesa!

Pensavo che in quel momento loro ignoravano completamente quanto stava avvenendo, anche perché il vento provvedeva a spazzar via ogni minima traccia di rumore ed il crepuscolo del tramonto ottenebrava invece la stessa mia presenza. Combattuto più che mai tra la vergogna e la voglia di abbracciali, interrompevo e poi continuavo il mio passo con esitazione estrema e sconvolgente. Senonché, ad un certo punto, giunsi inavvertitamente dietro di loro... Avevo il cuore in gola per via della forte commozione che mi avviluppava e l'animo mio prese a pulsare convulsamente. L'impeto delle emozioni divenne inarrestabile marea! Rimasi perciò immobile e ammutolito in tale travolgente condizione, capace soltanto di contemplare quella sorta di adorato e suggestivo miraggio. Scena questa che inevitabilmente trascese ogni concreta dimensione spazio-temporale, assumendo invece valenze e consistenze di una celestiale traslazione. Poi, ad un tratto, i due percepirono la mia presenza e si voltarono simultaneamente. Non potrò mai dimenticare il radioso calore emanantesi dai loro occhi, mentre riverberavano su di me il loro profondo sguardo spirituale. Allora sorrisero e, senza pronunciare neanche una parola, si avvicinarono e poi mi abbracciarono fraternamente. Mi sentii quasi scoppiare per l'incontenibile gioia che un sì meraviglioso evento generò dentro di me. Piansi e li strinsi fortemente a me chiedendogli di perdonarmi. Erik ed Olle, infatti, mi avevano perdonato e ciò diede alla mia anima il senso vero della vita trasformandomi ... in un UOMO!!

E potette così riprendere quel magico sogno che era stato bruscamente spezzato dalla crudele viltà della mia fuga! Congiunti ormai da una inestinguibile amicizia, così fortunatamente ritrovata, ci proponemmo di mantenere quel fantastico Eden per sempre. I giorni seguenti, invero, furono cosparsi di piacevolissime sensazioni, di pace, di amore e di equilibrio naturale!

I genitori di Olle erano deceduti un pò di tempo prima ma, nonostante questo, i due avevano deciso di proseguire in quel luogo la loro esistenza. Vi si conduceva una vita veramente sana, scandita dal ritmo di una musicalità cosmica d'Infinito. Al mattino bisognava alzarsi di buon'ora e, dopo una ricca colazione, davamo inizio ad una lunga giornata di lavoro nei campi. Sicché la sera, quando ci ritrovavamo insieme tra le mura domestiche, la cena che consumavamo acquistava un gusto davvero idilliaco ed appagante. Altrettanto gradevoli e saporite erano poi le proficue conversazioni cui ci dedicavamo con appassionato fervore, seduti dinanzi al caminetto. CHE INCANTO... CHE POESIA!!

Una notte mi capitò di fare un sogno alquanto strano, ma significativo e determinante, che devo senz'altro riferire nell'ambito di questa narrazione. Vidi in sogno il mio amato figlio Gerard, che passeggiava lungo un antico corridoio. Allora io, colto da tale visione, mi avvicinai a lui per stringerlo teneramente al mio cuore. Intanto piangevo disperatamente, mentre lui mostrava. invece una calma serafica e pervadente. Ad un certo punto m i disse che non dovevo soffrire poiché lui era felice e che non era morto ma continuava ad esistere. Poi aggiunse: "Padre, ricorda che nulla in realtà cessa e muore, ma tutto si trasforma per proseguire a vivere...!" Alla fine mi prese per mano e mi condusse in una stanza gigantesca. Quest'ultima era completamente vuota., tranne che per la presenza di un grande libro azzurro. Egli me lo indicò con lo sguardo e poi disse: "Ecco quello è il nostro libro!". Mi avvicinai allora a tale magico oggetto, spinto da incontenibile curiosità, e cominciai a sfogliarlo. Vidi però, con sommo stupore, che esso era composto da pagine totalmente bianche; nessuna scritta era infatti apposta al suo interno. Trovai la cosa davvero incomprensibile e, di conseguenza, gliene chiesi relativa motivazione. Osservai, implorante e sconcertato, la soave espressione del suo volto, che appariva straordinariamente limpida e luminosa. Le parole che seguirono mi lasciarono però profondamente turbato e confuso, poiché così mi rispose: "Quel libro è ancora muto perché spetta proprio a te, oh padre, il compito di colmarne il vuoto abissale. Scrivi in esso, scrivi la nostra storia..! Dopodiché mi svegliai.

Ma il pensiero di quella simbolica esperienza divenne, con il passare dei giorni, sempre più possente. Cosicché, una mattina., presi carta e penna ed iniziai a scrivere. Mi resi conto, allora, che Gerard aveva proprio ragione nell'indurmi a fissare in modo visibile e concreto l'essenza di quella che era stata la nostra vita. Percepivo al mio interno presenze di entità benefiche le quali trainavano le mie intenzioni e volontà. Impiegai svariati anni per completare una simile opera, aiutato anche dai consigli di Erik ed Olle; cosa, questa, che ci rese ancora più uniti e fieri di far risuscitare passati ricordi. Da. tale impresa attinsi inoltre la straordinaria sensazione di essere utile al comune sacrificio esistenziale, dandomi così modo di coltivare serenamente il saggio declino della vecchiaia.

Il tempo è trascorso velocemente ed il passato è divenuto via via presente sino a che oggi, 10 aprile 1852, giungo a conclusione di questo diario. Un lavoro estremamente ricco ed importante che ha rappresentato per me un preziosissimo scrigno ove serbare amarezze ed ansie, gioie e sofferenze…Ma è proprio dal naturale dolore di una madre partoriente che nasce il figlio legittimo della Sacra Verità!

Olle, Erik ed Anders

CAPITOLO XIX

HANS ERNEST ENTRA IN POLITICA

Il nonno richiuse delicatamente il diario e lo poggiò sul mobile accanto al camino. Dopodiché indirizzò il suo sapiente sguardo sulla figura del nipote il quale, pervaso da intensa meraviglia, non fu nemmeno in grado di profferire una parola. L'uomo esordì allora con una domanda, che non necessitava di risposta alcuna, onde facilitare l'assorbimento psichico di un tale complesso evento da parte del giovane: "Ora comprendi il motivo per cui decisi di rimanere in questo luogo?".

Era frattanto discesa la notte, e ciò sospinse entrambi verso il compimento di una saporosa e fertile dormita. Al risveglio seguente, infatti, il ragazzo si sentiva come trasformato da quella dirompente mole di vigorose essenze che l'animo suo aveva filtrato. Ed è proprio con tale spirito ch'egli visse gli ultimi giorni di quella vacanza quanto mai provvida e sconvolgente. Giunto poi il momento della partenza, Kans espresse il desiderio di portare con se il diario. Ad una tale implicita richiesta il vecchio non poté che accondiscendere compiaciuto per cui, senza indugio alcuno, gli diede volentieri in consegna quel misterioso oggetto. Si recarono successivamente alla stazione di Saltdal ove, di lì a poco, sarebbe salito sul treno per Bergen.

Il congedo dal nonno si rivelò oltremodo triste e doloroso. Tuttavia, il pensiero di aver ereditato da lui un compito tanto solenne ed importante lo rendeva allo stesso tempo fiero ed orgoglioso. Ciò gli diede altresì la necessaria forza morale atta a comprimere e superare quelle struggenti ondate di malinconia che l'essere suo ghermivano.

Una volta salito in vettura, poi, avvenne qualcosa di veramente imponderabile che lo turbò, lasciandolo quasi senza fiato. Egli aveva infatti tratto dalla valigia il prezioso diario, con l'intento di analizzarlo e studiarlo attentamente.

Ad un certo punto, allorché giunse alla lettera di quel foglio sbiadito alla cui sommità spiccava l'imponenza della frase latina e nella cui stesura otto numerazioni sottintendevano un'originaria identità tabulare, uno smagliante raggio di sole venne ad illuminare l'insolito libro. E, dinanzi agli occhi attoniti del ragazzo, su quel candido foglio perlato andò misteriosamente a ricomporsi l'antica scrittura. Man mano che l'inchiostro ripristinava le ombrate sue formazioni, cominciarono a delinearsi delle frasi. Allora Hans, dai cuore tenero ed onesto, volse lo sguardo al cielo e con le lacrime agli occhi promise eterna fedeltà alla missione che il destino aveva voluto assegnargli. Quelle frasi, infatti, rappresentavano dei chiari messaggi all'umanità e costituivano i punti salienti del "Piano Mondiale di

Naturalizzazione". Il giovane crebbe rapidamente, maturando un vigoroso dinamismo creativo e dialettico che lo condussero sulla via della politica. Cominciò allora ad informarsi e documentarsi avidamente sull'attività svolta dai vari partiti esistenti nel Paese, trovandoli però, tutti insoddisfacenti. Ciò a causa del fatto che risultavano essere null'altro che delle vuote formule aggregative, infarcite soltanto di rigida retorica e d'ammuffiti ideologismi. Vi erano, al contrario, alcuni movimenti non schematici, sorti spontaneamente quale autentico prodotto del prolifico corpo sociale, che apparivano assai vitali ed incisivi. Li sondò quindi uno per uno, scrupolosamente, allo scopo di individuare quello che più degli altri lottava coerentemente con i giusti principi della Verità. Sicché, dopo un attento lavoro di scandaglio, entrò a far parte di un'organizzazione ecologista molto radicata tra la gente e dalle solide connessioni internazionali. Essa propugnava la necessità di abbattere l'"antropocentrismo", ossia quella distorta concezione dell'Uomo che lo pone al centro dell'Universo e padrone assoluto della Natura, in favore del "biocentrismo": il privilegio di qualunque forma di vita in quanto tale! Da ciò nasceva una cultura olistica, che proclamava l'irrinunciabilità e la centralità di valori quali l'uguaglianza tra gli esseri, indipendentemente dalla propria specie di appartenenza, la nonviolenza e l'armonia con il resto del Creato.

Hans, insomma, diede il meglio di sè, divenendo ben presto un "leader". L'enorme efficacia delle sue azioni ed il carisma della sua personalità giunsero a coniugarsi in maniera a dir poco superlativa, tanto da affermarlo come l'esponente di spicco di tutto il movimento ecologista. Si batté infatti per unificare tale composito arcipelago associato, costituito da uomini e donne assai i mirabili e grandi nella loro semplicità ed autenticità d'essere. Processo questo che culminò poi nella realizzazione di una nuova formazione politica, cui teneva moltissimo, denominato "Partito Vitae" (il Partito della Vita).

Ma ascoltiamo adesso la proclamazione ufficiale del suo Statuto, enunciata in occasione del primo Congresso Internazionale di questo partito; assise tenutasi ad Oslo il 10 aprile 1998:

"Amici, sono profondamente commosso dinanzi alla vista di un così vasto pubblico ed alla presenza di importanti membri del mondo politico, scientifico, culturale, economico e religioso. Ciò suffraga la tenacia della mia volontà e di quella di quanti credono, come me ed altri prima di noi, ai supremi valori dell'Amore. Il mio spirito ottimista e fiducioso è stato, per fortuna, lautamente premiato...! Ora, però, consentitemi di illustrarvi quelle che sono le linee guida dello Statuto che siete qui chiamati ad approvare... Esso sancisce il

Diritto e la Legge, il dovere alla disobbedienza civile ed alla non complicità rispetto a qualsivoglia ingiustizia (pur se legalizzata), l'obiezione di coscienza e la nonviolenza. Esso si prefigge pertanto, come finalità prioritaria, il raggiungimento di una reale condizione ottimale d'esistenza per l'intero Pianeta.

Ma vi è anche una sorta di dovere morale che vorrei qui adempiere, e desidero farlo proprio insieme a voi giacché il mio cuore è il vostro.

Sento cioè l'obbligo di rendere alto e solenne onore alla memoria di quegli uomini che hanno incarnato con immani sacrifici, nel corso dei secoli, la magistrale rappresentazione di questi nobilissimi principi; quegli uomini il cui illuminato esempio forgia e sostiene la propulsiva energia delle nostre speranze. Mi riferisco, in sostanza a personaggi quali Pitagora, Leonardo da Vinci, Tolstoi, Gandhi... SCHOPENHAUER!

A questo punto dovette interrompersi per via di un affettuoso applauso partecipativo che stimolò qualche strozzata sua lacrima verso un timido sfogo emotivo. Dopo alcuni istanti di tal simbiotico scambio sentimentale, Hans così prosegui: "Ed ecco allora i punti organici del 'Piano Mondiale di Naturalizzazione'; PRIMO PUNTO:

I) SALVEZZA DELL'AMBIENTE:

    A - controllo ed eliminazione dell'inquinamento atmosferico ed idrico;

B - abolizione delle fonti energetiche ad alto potenzia le distruttivo ed utilizzo di energie rinnovabili naturali;

C - lotta alla deforestazione;

D - tutela dell'assetto geologico e passaggio all'agricoltura biologica.

II) RISPETTO DEGLI ANIMALI NON UMANI:

A - eliminazione di qualsiasi forma di prigionia e di segregazione (zoo, circhi, etc.);

B - divieto della vivisezione;

C - abolizione della caccia e di ogni sport o attività che ne faccia uso;

D - proibizione di produzione e commercio di pellicce;

E - parificazione penale tra assassinio umano ed animale (per scopi non legati alla sopravvivenza).

III) DIRITTI DEGLI ANIMALI UMANI:

A - abolizione dei sistemi dittatoriali;

B - soppressione della pena di morte;

C - disarmo totale e smantellamento degli apparati militari;

D - lotta a qualunque forma di discriminazione per motivi razziali, culturali e religiosi.

IV) GOVERNO MONDIALE:

A - costituzione di una. federazione mondiale tra tutti gli stati;

B - abolizione della moneta. e ritorno ad un commercio in natura;

C - equa distribuzione delle risorse mondiali (problema del terzo mondo).

V) DIFFUSIONE DELLA FILOSOFIA NATURALISTICA:

A - riconoscimento ufficiale ed approvazione da parte della

Federazione del "Piano Mondiale di Naturalizzazione";

B - educazione scolastica e sensibilizzazione morale sulla Filosofia Naturalistica;

C - divulgazione ed informazione tramite i mass-media.

VI) DECIVILIZZAZIONE GENERALE:

A - smantellamento degli impianti industriali;

B - abbandono di mezzi meccanici, di congegni elettronici e di ogni sorta di sofisticazione;

C - arresto della ricerca scientifica;

D - modificazione urbanistica mondiale per un ripopolamento delle campagne.

VII) NATURALIZZAZIONI DI MASSA:

A - invocazione dello Spirito Santo supremo di vita;

B - esorcismo di massa contro il maligno e volontà collettiva di rinunzia al mondo occulto della ragione;

C - preghiere di liberazione - pentimento - umilt*à*;

D - rilassamento meditativo ed abbandono totale all'istinto.

VIII)   SCIOGLIMENTO   DEL GOVERNO MONDIALE

...Grazie ho terminato!"

Una calda ed entusiastica ovazione immediatamente s'accese nell'aula, determinando così un'atmosfera eccezionalmente armonica ed amichevole. Acclamazione questa che andò dunque a suggellare tensioni ideali e concreti propositi di Hans Ernest. Perfino il tempo gli fu fedele alleato, per cui quelle sue teorie, come semenza irrorata di pioggia - poterono infin fiorire.

CAPITOLO XX

"L'ULTIMA NARRAZIONE"

Certo, si trattava di mèta ancora troppo lontana ... C'è da dire, però, che l'ingresso del nuovo secolo non dava ragione nè alla storia nè alla morale contemporanea (come testimoniavano, del resto, i temi dei due ragazzi).

Gli errori degli uomini s'erano ormai accumulati sino a raggiungere un pernicioso livello di massima saturazione; errori che, come dei granitici mattoni, avevano eretto uno spesso muro funesto il quale li separava da ogni prospettiva di Vita. Un imminente sfacelo, infatti, si preannunciava nell'aria e gli umori della gente erano foscamente rabbuiati da assai tristi presagi. Come dunque potevano essere accolte simili concezioni alternative se non con spirito libero ed aperto?

Il "Partito Vitae" ebbe molto successo ottenendo numerose vittorie di civiltà e giustizia. Parallelamente, quel misterioso Diario fu tramandato nei secoli seguenti ed ogni uomo che ne venne in possesso sentì il dovere di dedicare la propria esistenza all'attuazione del sommo progetto di Naturalizzazione. E fu grazie al religioso impegno da costoro profuso che potè finalmente compiersi l'amara vicenda umana. L'incresciosa storia di un figlio che giunge ad odiare sua madre e che, fuggendo da lei, s'illude di poter placare il feroce suo rimorso. Ma non ci sarà per lui che sofferenza e morte… vivrà nel buio del tormento, rinnegando tutto ciò che è legato all'orribile passato. Persino i suoi fratelli egli ripudierà, considerandoli figli di un'altra madre. Nell'affanno di tal forsennata corsa, però non s'è accorto del fatto che suo padre lo ha seguito intanto passo passo, istante dopo istante. Non ha capito, cioè che quello che lui chiama "tempo" altro non è che il suo vero Padre. E quando poi egli si stancherà di correre sino al punto di morire, costui lo prenderà per mano e lo ricondurrà tra le braccia di sua Madre. Soltanto allora potrà giocare felice e spensierato nel grande giardino e, insieme ai suoi fratelli, godere l'ineffabile gioia originale, una sublime realtà di pace e d'armonia. Soltanto allora potrà vivere senza tempo il suo presente e senza ragione la sua beltà poiché la perfezione è una dimensione di sola sensazione.

Vorrei adesso, figli miei, concludere questa narrazione con una frase che ora facilmente comprenderete:

"VITA EST"

Firmato

NATURA

/--------/

Immaginate un raggio di sole che parla ad una folla.

LETTERA DELL'AUTORE ALL'UMANITA`

Immagino che a molti di voi questo libro sembrerà un trattato di mera utopia, che altri ne insabbieranno il messaggio poiché ritenuto insensato e folle. Comprendo quindi senza rancore coloro che incontreranno difficoltà ad accettarlo, ai quali rivolgo però la preghiera di esaminarlo coscientemente. Con onestà vi dico che tale opera non è frutto della mia presunzione, ma che anzi sarei presuntuoso qualora vi dicessi come e perché l'ho scritta. La causa o il merito io stesso lo ignoro... solo che l'intento era positivo!

Credo in buona fede all'amore che ha mosso il mio cuore ed intriso la mia penna, sperando che non venga disperso. Allora vi propongo semplicemente di aggiungere queste mie ipotesi alle tante già esistenti. Magari chissà, col tempo, potrebbe rappresentare l'alternativa giusta all'apocalisse che ci aspetta... E bisogna considerare che, adesso più che mai, ciascuno di noi ha il dovere di fare qualcosa per salvare la vita su questo pianeta e che la felicità è un dono supremo dato a chi se lo è meritato.

Non voglio predicare ma consigliare, anzi pregare, tutti voi di ricercare Dio dietro l'IO.

Finito di stampare nel mese di Ottobre 2015
per conto di Youcanprint *self - publishing*